窗

彭桐 著

上海文艺出版社
Shanghai Literature & Art Publishing House

图书在版编目（ＣＩＰ）数据

窗 / 彭桐著. -- 上海：上海文艺出版社，2024.

(南海潮 / 彭桐主编). -- ISBN 978-7-5321-9072-0

Ⅰ . I267

中国国家版本馆CIP数据核字第2024CR1165号

发 行 人：毕　胜
策 划 人：杨　婷
责任编辑：李　平　程方洁　汤思怡　韩静雯
封面设计：悟阅文化
图文制作：悟阅文化

书　　名：窗
作　　者：彭　桐
出　　版：上海世纪出版集团　上海文艺出版社
地　　址：上海市闵行区号景路 159 弄 A 座 2 楼
发　　行：上海文艺出版社发行中心发行
　　　　　上海市闵行区号景路 159 弄 A 座 2 楼 206 室　201101　www.ewen.co
印　　刷：成都市兴雅致印务有限责任公司
开　　本：880×1230　1/32
印　　张：80
字　　数：1850 千
印　　次：2024 年 7 月第 1 版　2024 年 7 月第 1 次印刷
Ｉ Ｓ Ｂ Ｎ：978-7-5321-9072-0/I.7139
定　　价：398.00 元（全 10 册）

告读者：如发现本书有质量问题请与印刷厂质量科联系　T：028-83181689

诗

彭桐

一

天地无言，自有人懂。诗是文字，也不言语。

静默，是一切伟大而富于禅性事物的特征。

诗，古老而年轻，深邃而迷人，像世纪老人，也像绝世美人。

诗，不口吐珍珠，只用表情说话。

她用笑容说，我是花，请用珍爱玫瑰的手来采摘吧！

他用眼睛说，我是酒，请豪情重义的你尽兴举杯吧！

她用流水般的手势说，我是月，请在梦中与我约会吧！

他用闪光的额头说，我是火，请随时扑进我的胸怀燃烧吧！

诗被写出，佳酿窖成；诗被朗读，开出莲花；诗被传播，传递火种；诗被收集，收藏月华……

无论如星不慎落入草丛，还是如香被请进庙宇，诗始终缄默。

诗，行走在天地之间，如高山上的巨人，也如佛端坐人的心中。

二

如要得诗，请找生活，请求自然。

在深夜的街道，在凌晨的床头，在飞速的动车上，在深山的溪畔……灵光闪，诗自来。

写在大脑里，写在手机里，写在书本里……所写之处，如同古人即兴题诗在墙壁上，即时刻在边关的石上，即情写在赠别的扇上。

你对诗着迷，诗对你青睐。你把诗当回事，诗把你当人物。

天下没有一厢情愿可成事，有的是两小无猜可成亲。

诗神秘而不玄乎，你可凝神但别装鬼。感触于自然、感怀于生活、感叹于际遇，发乎情、发乎理、发乎心的文字，便是诗。你手写你心的，便是你的诗。

你和花草树木都可看作诗。诗，天地和日月中本就有，你可以如练书法般认真，把诗临摹出来。诗，在日夜和分秒中不断隐现，你可以用捕捉灵感的画笔，虔诚地把它描绘留存。

诗，可以是小河流淌，可以是浪里飞歌。无论你怎么写，都应写出诗情、诗意、诗性，写出它音乐的旋律，写出它美术的墨韵，写出它是人也是神的真、善、美！

写诗吧，写沾着晨露夜色、沐着朝霞夕晖的诗，写入情入心入理的真正的诗，你收获的将不仅仅是诗，还有既有眼前又有远方的七彩人生。

你在物之山跋涉，我在诗之海徜徉。

诗是人间两个世界之间的窗。

三

为美化生活写诗，还是为延长生命写诗？答案不在诗中！

无法枕着一个人的名字入眠，可以抱紧一本诗集遥望星空；无法把自己的名字刻在石头上，可以用一首诗作书签夹进历史的云烟。

诗不能给你财富，但它让你懂得财富；诗也不能给你自由，但它让你看到自由的价值。

诗不会让你振臂高呼，它只会让你安宁养神；诗也不会让你步入喧哗，它只会让你乐于独处……

诗，是你的天空的日和月，也是我的疆域的定海神针。诗，是属于你的来世情，也是我的今生爱。

诗是温馨的纽带，让陌生人牵手，让追梦者同行；诗是理想的桥，让苦与甜融和，让爱和恨相拥……

你想诗是什么，它就是什么。它可以是你的身子，也可是你的影子。你爱它，它就是你一切的爱。

风霜雨雪，给天地妆扮；诗是雪雨霜风，为你妆容！

诗还是灵丹妙药，治愈你潜伏的病症，消除你血液里的斑块、骨子里的阴影。

世上再也没有什么可担心的，就算天塌下来，也有大地的枝丫会撑着；人间再也没有什么好争夺的，就算所有的江河被封存，你还有心在走、梦在飞！

假如，人类的天边只剩最后一次夕阳，我说："那一定就是，诗的深情回望你我的眼神。"

目　录
CONTENTS

第一辑　大自然

第二辑　动植物

第三辑　生活圈

第四辑　社会潮

附录

大自然

我承认我属于大自然，但是，过去的
岁月中，我表现得不自然。

日

日上中天，人已过中年，还想做早晨八九点的太阳，可夕阳已在召唤。

天生为日，你永远是圆的，句号一样圆满，可在人们惜时书籍的扉页上，你总是感叹号！

对应火热的生活，你是灼灼火球，你是青春激情的象征；对应苍茫的世界，你又是滴血的瞳孔，是映照暮色的剪影。

通常，你从山背后跳出，迈着欢快的脚步，霞光万丈，辉煌楼宇，携带大山的神秘；有时，你又从海面跃起，扬起兴奋的脸，染红波浪，辉映渔帆，传递大海的神奇。你纵横来去，不在意时间的流逝，仿佛你就是时间的内核。

你总是那么耀眼、灿烂，不仅乐于走进山水画中，还不觉迈入黑夜行路者的梦里；你一直那么明媚、干净，不知道谁能为你妆面，谁又能为你日常保洁。也许你的能量燃烧不尽，也许你永远一尘不染，永远是时光之门的轴。

你只一个字，就令万物欢欣，你是世界万物的王。万物的生长和消亡，以你的眼神为方向。

生追寻你脚步，死被你风化为无。古人拜你为神，设坛而敬；今人把你装进心底，胸腔作你庙堂。

随你的身影，看江花红似火，又看层峦落进夜幕。一位老人凭窗，疯狂地想你的传说，默念你的诗行，祈福你掌控的生命……不觉中，泪湿眼眶。

（刊发《散文诗》，2018年第6期下半月刊）

月（一）

当我有隐情，人间失去信任的倾听者，我向你诉说，把我和隐情以及人间的病症一起梳理。

你弯时，便是天空的耳朵；你圆时，就是大地的药丸。你不语，却是善听的心理师；你无证，却是心灵的医疗师。

你皎洁的光，是针，让人清醒；是线，把情串联；是雨丝，滋润心田；是花粉，让梦香甜……

因为你，人们学会仰望天空，学会致敬苍穹；因为你，人们懂得寄情远方，懂得把思念珍藏心间。

你在柳梢时，播种情感的种子；你在海上时，传递亲情的讯息；你在床前时，消解寂寞的寒霜；你在山岗时，慰藉孤独的遥望……

人间潮汐，由你引起。岁月荣枯，有你收集。有你，大地消失痛楚；有你，心伤自动结痂；有你，所有忧郁的眼睛都会种植阳光的希望。

今夜，学古人向你端一杯酒，瞬间便忘了自己还有牵挂和影子。没有万古愁可消解，只有亿万年的凝望，镶嵌在时间的窗口。

（刊发《散文诗》，2018年第6期下半月刊）

月（二）

我在窗台赏月，借月辉洗涤积落心头的春天留下的斑、从夏天带来的倦。

父母在家，妻女在身边，梦中的伊人只是年少时的向往，人面桃花也只是中年时的偶尔构想……秋月注定与思念无关！

各种爱，包括天与地的馈赠，风和雨的施舍，都已融入纯净的月光，正静静地洒在我的额头和心田。

说快乐，快乐便如宛转的鸟鸣送到耳畔。说幸福，幸福便如火红的三角梅盛放在眼前。

感恩边关有人镇守，感恩远路有人拓展。月光照着孤独的我……秋月真的与思念无关！

星

　　天上一颗星，地上一个人。虽然你遥不可及，却早已被人注入情感，你和人的距离，恍若邻居。

　　你已无法完全属于自己，就像每个人无法真正独善其身。

　　你不沾日的光，不与月争辉。你崇尚独立，又拥有众多兄弟姐妹。你的族群，宛若天庭的万家灯火。

　　有你，日有期盼，夜不惨淡，月不孤单，天不寂寞，流浪者的梦中还有珠宝点缀的闪闪发光的河。

　　钟情你的夜晚，坚守你的位置。你的年龄成谜，有人说你是孩子眨眼，有人说你是成人点灯，还有人说你是永不生锈也不苍老的神。

　　沐浴了阳光，饱食了月光，却喜欢面向你许愿——浩瀚宇宙，光影世界，只有星光，助人如愿！

　　回想起那次深夜的奇遇，在密林的一方天空中，阵雨洒过，白云飘过，又大又亮的你，仿佛赶着马车，让梦幻与童话，来凡间生活。

　　你恒久不息地闪烁，对有爱有恨者一视同仁。你生在天空，却是心的花朵。

你不沉迷过去，而是神往未来。你不属于昨夜，而是属于今晚。我打开海边小屋的窗，敞开情感的大门，让你顺着天边的一缕清风走来，拥你安静入眠。

由此，我成为人间繁星中最亮的一颗。

（刊发《散文诗》，2018年第6期下半月刊）

天

天在白云的高处，是否会有雄鹰的悲壮情结，怀着俯身地面之欲？拟或一直为万物众生着想，为高贵的生命负责，一直保持天道理性？

总之，天要塌下来成为永远不能实现的预言！虫豸和花草树木一样，都想在苍穹之下长得更高更大。

阴阳结合，天地对应。

天给大地带来阳光雨露、星光月华、和风瑞雪，地展露给天空湖光山色、春种秋收、生机勃勃。彼此相会，天地有契约。

说人在做天在看，天眼在哪里？在每个人的心里！

人是地上的精灵，怀着对土地的虔诚。人对大地感恩，实则也是向天空致敬。

天、地、人，才是圆满的注脚，才是和谐共处的经典，才是历史和未来的轴心。

就让天和地大无边吧，没必要人定胜天。人心若想大时，可瞬间装下天和地。

人遇上不幸时，大多归为天灾；人斩获幸福时，大多归为天意。人见不到而想要的，往往都在天上，比如天马、巨龙和神灵……

所有的想象都在人的大脑中，所有的神秘都在变幻的天空中。

那么，鸟、蜂、蝶，所有拥有阳光般翅膀的，都是天使。地想要什么就由天供给，天就是地的神奇的帽子。

（刊发《池州日报·九华副刊》，2019年8月27日）

（刊发《散文诗·青年版》，2023年第10期总第610期）

地

尘会灭，雾会散……地是天公钟情的另一半。

窗口就是地的眼睛，每当夜晚来临，万家灯火点亮无数窗口，世界由此含情、明亮、温暖。

花朵才是地的胸饰，无论是水中荷、崖上梅、冰上雪莲，还是春阳下的牡丹、夏雨中的百合、秋风中的野菊，都是香气的精华，色彩的精灵。一年四季，各路花神自动排序，娇艳在大地随自然呼吸起伏的胸膛上，让迎向朝霞夕晖的胸口，始终饱满、温馨、迷人。

我们的一切营养都来自地心，大地是世间所有动植物年轻的母亲。

高山在风雨中昂首，河流在冰封中歌唱。

不管岁月如何更迭，风云如何变幻，只有脚踏实地，我们才感觉真实安全，浑身才充满源源不竭的力量。

地是圆，也是爱。如种子，在母亲怀抱中萌芽成长，最终又在母亲的梦中沉睡过去。人的一生，是幸福之旅，是时间的一个刻度，更是大地收藏的一段印迹和记忆。

星月之夜，我仰望天空，心却向往大地，期望能听到地对天要说的秘密。

（刊发《世界华文散文诗年选》微刊，2018年4月10日）

（刊发《琼山文艺》，2019年10月）

山

山环水绕，虽然山也把身影投在水里，但这不是主题。

山，天生是为勇者攀登而矗立在大地上的。

书山有路勤为径。古往今来，让多少学子花费了青春的光阴，挥洒了汗水，踏破了铁鞋。

无限风光在险峰。从梦到外，让多少探险者吃尽了登高的苦头，一路栉风沐雨，满身伤痕累累。

但是，学子的书，仍未放下。探险者的脚步，仍未停止。

只要高山矗立，便有勇往前行者，便有跋山涉水者，便有日夜攀登者，便有"任性"坚持者。

山活着的意义，不只为让花草树木点缀，它为世人竖立伟岸的形象，为人心立下崇高的标杆。

小时候，我把父亲当山，长大后，我把学识当山。如今，人过中年，我又把品格当山。高山仰止，星河灿烂。

群山无言，为勇士默立。登上山巅，可与天上人语。

高山流水，山重水复，人生美妙，美景无限。

水，毕竟东流去。而山，永在心中留！

（刊发《海口日报·阳光岛副刊》，2019年2月27日）

风（一）

来无影，去无踪。风，是大自然的神秘巨星。

风又是人间的信使，它在四季里穿行，传递不同的风景、多样的心声。

春天，风吹百花开，引得蜂蝶来，花香飘世界。

风在夏季，除了在荷塘荡开情感的涟漪，还携乌云降下阵阵暴雨，洗去大地的暑气，扫去心中的燥热。

秋风扫落叶，让树木卸下残破的外衣，露出骨头和钢铁意志，接受更加严酷的时令考验。

寒冬，大风漫卷雪花，如纷扬的思绪，织出灵魂圣洁的图腾。

在季节之外，风也无处不在。

风正一帆悬，乘风破浪时，让远行的航船驰骋蓝色的大海。

风雨夜归人，让流浪的脚步回归温馨的爱巢。

有时候，风是敌人的刀，横向正直高昂的头颅。

更多时候，风是情人的手，抚摸在穿越季节过程中不断发烫的额头。

不管怎样，风吹老了岁月，吹不老心灵！

（刊发《池州日报·九华副刊》，2019年8月27日）

风（二）

你在春天植下的树苗，在夏天就被雨中的雷电摧毁，在秋天没有丰收的果实，在冬天只能感叹锈成旧时光的一截树桩。

这个过程中，风去哪里了呢？

有时，风会带来一些讯息，夹着惋惜也带有嘲讽。

更多时候，意识到精神遭受到打击，还看不到风传递的消息，更无艳阳催生抚慰心灵的金句！

你气馁地抱紧双臂，身边的事物静止，风也瞬间凝固。

你羞愧地独自低首，鸟如树叶悄然落地，风也低成流水滑走。

可当你想奋发向上扬起双臂时，路边小草倏忽挺直腰杆，风也兴奋地成股腾起，汇聚成天边晚霞染红的云朵，如灯，照你阔步朝前走去。

风，竟是位贴心的人，一直相伴着你！

当你驻足看望外，一滴晶莹露珠从天幕上滑下，自由地舞蹈……

此时，太阳没有露头，风也及时刹车，还收藏起吹惯了的口哨，世界便静成你的形和风的影——

一帧入眼入心的永恒的图画！

（刊发《劳动时报·副刊"诗情画意"版》，2023年7月14日）

雨

这边，和风细雨，诗情画意。那边，水漫金山，堵车焦心。

虽在同一城市，却是两种不同的境遇。

在白天与夜晚，在晴与雨中，甚至在一滴水珠里，都会有冰火两重天。

眼前的雨，是该停还是该继续下？一阵风把湿漉漉的枝条吹成抖动着的问号！

当我绕道冲出车阵，脑门上蹦出的一行行诗句，还如一支支响箭，嗖嗖嗖地回射到那片泽国。

想把那风刀雨剑射落、射偏，令自然施于大地的战斗暂停，好让那些被积云重压、"暗器"缠绕的车与人，得以逃离。

这样想时，竟然雨住了，风停了。

灰蒙蒙的天空，像一块画布，梦幻而不真实，如同名画，摆在面前，等我收藏、观赏。

（刊发《劳动时报·副刊"诗情画意"版》，2023年7月14日）

雪

雪，不是寒冷，而是另一种温暖。瑞雪兆丰年，也照亮了农家脸上的笑靥。

大雪来临，天地一片银装素裹，让浮华的人间来一次大反省，多余的欲望被冻结，流水也结成冰。

雪是圣洁的天使，布道的菩萨，把一切黑抹去，让一切繁杂让位于简洁。

白色是天的本色，地的纯色，是天地之间的人之原色。世道日益繁复多变，生活愈加丰富多彩，心当比雪更加纯洁与单纯，一如初生婴儿的眼睛。

走在哪个平原或山岗上，落在哪座城市或乡村，不必把冷风引入心房，让骨头也受伤，应当把雪留在心中，把冬日的暖贮存心底，让雪白美化心壁。

雪花不亚于春花。雪景还是浪漫的布景。两人真心相爱，可把两行脚印长长地印在苍茫的雪地上，生死相渝之情，由天地见证。

来吧，雪！我在南国轻唤你，我在海滨等待你。我已腾出足够的位置，供你飞舞。

如果心中空间不够，我再借一片海域，借一片蓝天。

无论如何，我要期待雪的降临，覆盖我最后的人生！

（刊发《琼山文艺》，2019年10月）

江（一）

有时飘在天际，如白云缭绕山尖；有时辗转山间，如仙女飘逸的腰带；有时徜徉山底，像是巨人戴上的莲花脚环。

你源于山，流向海。经历多少风风雨雨，从从容容走过。走向越来越宽阔的天地，细微的涟漪终于演变成波浪的雄壮。

你一直在锻造自己，一心在创造传奇，最后像巨龙横亘大地。你怒吼时，天摇地动，你歌唱时，日月欢笑。

从西到东，从北到南，我把所有的水系包括一泓山泉、一脉溪流、一涧深潭，都看成了你。你集聚了人间之水的灵气，丰盈我们的灵魂和心智。

我不是在南海之滨，就是在北国边陲，远离了中原，远离了你的门口。但是，和你深情对视后，灵魂之水源源不尽天上来，就算走进沙漠，我也觉不干渴；哪怕梦入火星，我的全身也被你的眼神滋润。

其实，你流经中华大地所有爱水者的整个生命。

（刊发《曲靖日报·珠江源晚刊》，2020年2月21日）

江（二）

原来，你一直流淌着，从未丧失流动的勇气。

此刻，你就在我窗前，水面似乎起了笑纹，静水深流得热烈。

这多像亲人之间，没有目光的关注，依然奋勇前进，有了爱的关照，黑暗中又平添了不少力量。

一个人与一条江的距离，竟可以如同水与岸一样相依，也可以像云和岛一样相望。互相连接的，是晨曦与阳光，是波光与风向，是情的雨丝，爱的眼神。

太平湖是你的母亲，白鹭岛是你的孩子。我并不后悔已晚了千年，才走进江上草堂，没有亲眼看见当初你缔造桃花潭时的高兴和激动的模样。

是沿岸桃花牵住了你，还是万村人让你停留，你未加犹豫就送了这个水做的礼物，并极早地埋下了诗意。

以至于不写诗的汪伦踏歌，会写诗的李白抛下情思，成全一段空前绝后的佳话。

世人该学汪伦吧，他托友人写信，这信如钓饵，把李白这条大鱼从黄山钓到了潭边来！

世世代代的人在谈汪伦，在读李白，读出人世间的神话，情感之神竟可以在陌生人之间诞生！

在这桃花远去、桃子正熟的六月，我来品读你——青弋江。你全身碧绿，层层流动，如同铺陈的宣纸，甚至写满了看不见的文字，需要用心的浓情之水浸润，才显现谜底。

在晨露洗过，晚风掠过，渔火收拢翅翼时，我梦到虫鸟啼出的答案：青莲是青弋的同族家人，有关李白到此的一切美妙，均由你提前设计。

青青河草，青青潭水，千年不枯，万年流韵，你是条情感之江，那桃花所做的潭，就是你实现的宏大的心愿。

（刊发《枣花》，2023年第3期）

河

我不说纵横神域的银河，不说横贯神州的黄河，我只说你——远在故乡我记忆深处的那条无名小河。

在我爷爷的爷爷出生时，你已从门前潺潺流过。你的流淌不只在河床之间，还在两岸的禾田里。是水稻还是你养育了我？当年我只知道，踏足你的浅滩，垂钓你的石岸，布网你的鱼群……这里是自由的天地，这里有最大的快乐！

和小伙伴们一起，以为你永远属于我们，我们也永远属于你。却不知，转瞬天地变，人人奔东西，一些伙伴失去联系，一起放牧的牛羊化作白云消散。如今，只剩下那棵老得歪了脖子的空心古槐，和飘零的你做伴。

在一些人眼里，你多像辛勤劳作的父亲，日夜奔忙不息，又像慈爱的母亲，养大会飞的孩子。

无数次在梦里，听你深情歌唱。我把遭受的拳头、冷箭，甚至无情的炮火，寄送给你消融。我又把收获的鲜花、掌声、赞誉，电传给你留给父老乡亲们纪念。

其实，你并不小，也不窄，也有名字。如果我在神域，你就是我的银河，如果我定居神州，你就是我的黄河。

你还是我万千文章的源头之水，你的永远清亮是我骨头的颜色，如果我有墓志铭，只借用你的名字——河。

因为，你是我生命中最纯净的花朵。

（刊发《曲靖日报·珠江源晚刊》，2020年2月21日）

湖

最容易成为眸子的，最容易产生爱情的，是湖。湖是个性的，也是浪漫的，是物质的，也是精神的。

湖是情的黏合剂，爱的调节器，心的寓所。

无论是人工湖，还是天然湖，抑或人工和天然合成的湖，都天生具有诗情画意，自然为世人欢喜。

西湖、东湖、天湖、莫愁湖……每一地的湖，丰盈着传说，寄托着美好。

我最倾心的湖，是"冰山之父"慕士塔格峰脚下的"高原明珠"卡拉库里湖。

她如镜，映照着"万山之祖"的倩影，见证冰山群的前生后世。她最先看到雪峰长高或降低，虽被人们几乎遗忘，却最关心人间的温度。

我骑马在湖畔留影，为防雪盲戴着墨镜，碎冰的湖面闪着幽蓝的光。

和她在一起，感觉人很渺小，信心却很大。看到人们梦中也不敢探访的冰山，竟如乡村门前的山丘一样高，感觉可以轻松攀上山顶。

无法忘却的一次奇遇，一次约会够一生回味。回到中巴公路上，还对她频频回首。真想成为一株红柳，和她一起共享高原的神秘，还想成为一朵雪莲，从冰山飘移，绽放湖心，生死情依。

　　我眼里她是中国最美的雪山怀抱的最美的湖！虽然名字意为"黑海"，却冰清玉洁，盛放着天然圣水，终生等待旅人涤心洗目。

　　人间湖泊众多，每个湖都是一幅绝妙的画，想步入画境，常遇高山险途阻隔、风沙迷雾遮眼。虽有脚步昼夜奔忙，却有不少人离涤荡灵魂的湖水越来越远……

　　眼中美得令人心颤的湖，无法带走，没法厮守，这不是遗憾，是悬念与启迪，也更让我祈愿：希望每个人都能找到自己喜爱的湖，见到尘世未被污染的湖，让湖水时时轻漾心头，保留内心一片净土。

　　湖在凡间，如圆月在天，也如平安饰挂在车上，佛珠佩在胸前，静心宁神。

（刊发《曲靖日报·珠江源晚刊》，2020年2月21日）

海

一说到海，胸间便生波涛，灵魂便涌汪洋。人是天生的弄潮儿，海是天然的蓝色疆场。

海，不只在梦幻中，养育美人鱼，它更在现实中，锻造帆的臂力。

牵引脚步的是理想，理想便是海；渴望成就的是荣耀，荣耀便是海……

雪山和天湖，山水同色，景色迷人。大海和蓝天，海天同辉，魅力无穷。

如果有苦闷，交给海吧！浪花卷走你如雪的忧愁；如果有不安，交给海吧！波涛拍打你如礁的重负……艳阳在上，红帆在前，你只管劈波斩浪，等到的有渔火，也会有鱼满舱。

有了海的雄壮，便有岸的曼妙；有了海的辽阔，便有云的婉约。有你如海的胸襟，便有我如山的筋骨，如花的柔情，如梦的甜蜜。

霞泼彩，天作画；浪谱曲，海歌唱。被霞光沐浴者是幸福者，亲近大海的人，是有心的人。

海，从未答应给你什么，但海在面前，你就拥有了一切。

（刊发《散文诗博览》，2019年8月）

春

春如神，端坐天空，让春风布设幻彩的背景，让春雨氤氲大地的诗意，让春花和云朵互换，点缀升空的旭日和落地的夕阳……

春神行走人间，让城乡充满生机勃勃的气息，让赛场上少年脚步轻快，让小径上的白首老人忘记年龄，让播种的农民洒出串串欢笑……

春神游在水中，春水自然荡漾，时时香甜如蜜，江河湖海的每一道波纹都漾出情感的涟漪，鸟鸣落在水面溅起美丽的漩涡，觅食的鱼荡起音乐的旋律……

春神栖落梦中，星月静美，爱在有情人的眼底悄悄发芽，交换彼此心中无限春意，懂得不负春光，不为春日短暂而伤神，也不为人生终要到来的秋日而悲伤与绝望……

春是神，是世世代代人们高举头顶敬奉、捧在手心叩拜的神，年复一年不断更新，不老不衰、也不愁不苦。眼里春光明媚，脸上五彩缤纷，写满生之喜、漾着春之韵……

春与神，才是最佳伴侣，相约走向永恒。

他俩的每一个脚印，都如盛载生命的密码。在春夜，我试蘸浓如墨的春水，放于灵魂的书页里慢慢破译！

（刊发《松原日报·副刊"读书周刊"版》，2024年1月3日）

夏

风是热的，雨是热的，天空的脸膛是热的，大地的神经和血管是热的，天地人间奔腾着火一样的热情……

夏是浓烈的酒，酒是卷成画轴般的夏。夏与酒是一家，酒与夏是孪生兄弟！

夏越走越深，一直深到与秋撞个满怀；酒越走越高，直到不小心把星星摘下。

仿佛越深越高的事物，才越令人震撼和遐想。

我跨进中年门槛，已错过春天。不想拥有平淡的夏，我频频举杯，把酒视作英雄，欲与英雄一比高低，要么拥有辉煌的旭日，要么伴随落日西去。

所有的沉闷，都是夏天的公敌。就像举杯一饮而尽，在夏夜的海滩，淑女也要裸露成夏娃。

酒是豪情之父，夏是激情之母。

我在酒中看夏天，夏是从树梢滚进大海的火球。它一沉没，凉意就从脚底生起。

我在夏天审视酒为何而来？它完全是为了一份情怀。几杯烈酒下肚，汗如夏雨挥洒！

在夏日夜晚，就算没有酒，也醉在奔跑中，仿佛不息的热风，要把我雕成一只酒杯。

我已释放了所有心思，谁来举起盛夏，与我真心相碰？让两股烈火，燃情深吻！

（刊发《琼山文艺》，2022年第1期）

秋

嗖嗖嗖……是舞剑之声，也是秋之声！

秋凉如水，似含冰之剑。秋意绝，剑无情。秋和剑的冷锋无异，直逼人的眉心。

秋风，让天空寒颤；秋霜，使大地僵立。

一把冷酷的剑，指向天，天现窟窿，落泪无痕；戳向地，地裂缝，流血无迹。

秋与剑合谋，剑与秋共舞，让时间乏味，令岁月褪色。

冷眼是剑，毒舌是剑，诡计是剑……红叶刚把秋引向深处，落叶便让生命凋零……剑与秋成为人间伤与寒的罪魁。

当寒光闪闪的剑，乘着秋风，刺向心脏，双手能否如盾护心？

回想，招不来春夏重演；入梦，挡不住寒冬的脚步……

秋阳高悬，当视作天空的一枚硕果；那漫山的红叶，也可看作大地在鼓掌……

当秋歌四起，必须另眼看剑。

叹息不如鼓气，悲秋不如爱秋。

是否独立秋水之上，你我他都当成为执剑王者，舞出一首《秋声赋》。

冬

大雪纷飞，大地一片银白。人们可据自己心境，来把这冬景作不同比喻。

农民说，这瑞雪是丰年之兆；孩子们叫，这是要太阳公公帮忙才能啃完的一块大雪糕；诗人言，他就是这世上最后一片雪……

有无冰雪，有无寒风，冬都是坚实的、僵硬的，连那习惯了温柔的树，也裸露铮铮铁骨示人！

与其说冬是人生四季的尾篇，是个人生命的谢幕曲，不如说它是一扇门，是秋和春之间厚实的门，是已逝和再生之间隐秘的门。它是衰与兴、死与生之间，必不可少的纽带、桥梁与幽径。

枯木会再逢春，低谷会迎高峰，世界沉寂后也会再现繁华。冬之大门关闭，而有情有义的一切，却会在闪耀炉火的农舍里、亮着华灯的楼宇里、流淌着温暖河流的心房里，孕育、萌动……

请把小人的脏口水，洒向冰峰，或许能再生出奇异的雪莲；请把君子馈赠的赞美诗，晾在旷野，或许能幻化出傲雪的红梅……

无论多冷多孤单，我都会保持心的温度。我会把你的点滴之爱收集雪藏，等待积蓄的情把冬之门推开！

在姗姗而来的春天，由爱情鸟啼出第二人生！

（刊发安徽《亳州晚报·"涡河"副刊》，2019年9月11日）

晨

焕发天然的清辉，散着露珠的芬芳。晨是少女，给人惊喜，令万物怀想。

城里的鸟儿是乡野派驻来的，声声脆，串串都有天籁般的旋律。晨由鸟鸣唤醒，在花朵上张开天使的翅膀。

昨夜属于过去，把所有的忧伤和疼痛遗忘；今晨属于未来，有光明和前途在等待。

晨是希望的代名词，也与青春和胜利相关联。她的脸有朝霞辉映，她的裙裾泛着光彩，她的心装着蓝天，她的血燃烧着火焰。

有人在黎明出发，背负晨风疾行；有人迎着朝阳欢呼，啜饮晨光酿制的美酒。所有的都可丢，唯有希望不能丢。汲取希望的力量与激情，城市开始沸腾，百舸开始争流……

在夜晚，在噩梦中，我总是无数次地死去，因为我消磨了时光，却无法战胜自己！而又总能在清晨醒来，抓住晨曦的手，看旭日梳妆，我的身和心也清新起来。

我是如此幸运，奔忙四十余年，仍活在清晨，并将走向在远处招手的青春！

（刊发《海口日报·阳光岛副刊》，2019年7月8日）

夜（一）

从歌舞的盛宴里撤身，需要奔赴战场的勇气，光如金网罩着脸，声浪如铁索阵阵绊脚。

那终究是别人的华美时光，你的心拨不动这时光上的弦，情感无处生根。你选择走向另一处灯火的清明，走进一段无人的夜路。

这是六月，盛夏有风的夜晚！路两边的山水绰绰，如两扇巨大的黑色翅膀，一端插进看不见边的天，一端插进深不见底的地。

别说这由杂树与乱草编织的翅膀里，该隐藏着多少秘密，只说它圈养着多少虫鸟蛇兽！它们似睡非睡，似醒非醒，似乎都睁着眼，盯着你的步伐和行进的方向。

有虫在拉锯，有蛙在敲鼓，间或有鸟在放冲天炮……声音里的厮杀与防守，热烈而严密。一定有未作声的猛禽毒兽，如同不同级别的指挥官，坐守幕后。

夜是一个辽阔的战场，你是这战争的局外人。

你更明白，你是一个保持中立的路人，所以你有些胆战心惊，倘若越雷池一步，心有所偏见，就容易成为这夜之战的牺牲品。

有灯火处，是人的世界。有光亮的事物，在夜晚发光。更多的地方，是动物的天下，它们掌控着更多的话语权。

用耳朵和感觉旁观一场战争，你豁然发现，原来人孤独地出生，沿一条在夜晚由虫兽让开的平民路行走，又终究走向更深处的孤独与静寂。

永不寂寞的，是抱团在夜的旷野上狂欢的虫鸟和依凭在它们身边的花草树木。

（刊发《中国诗界》，2023年秋季卷总第37期）

夜（二）

如果没有黑夜，就没有光明，无数奔忙的脚步都将失去方向。

倘若没有夜，灯和月亮就成为摆设，甚至连所有光亮的事物都将失去存在的意义。

但夜并不是为了映衬光而生，它是为了天地和人间的神秘而来。它一降临，就成为天的黑袍、地的黑纱、人的黑丝巾。

若要说，夜是一本书，那它就是佚名所著，书名就是《神》，属于悬疑侦探类小说。而且，每一夜都是一个章节，一代代人永远也读不完、读不倦、读不厌！

对于夜的无比神奇，连见过大世面的星星都好奇地不停眨眼。月亮更是捉摸不透，它时而探窗，时而悬檐，还窜上树梢，又跑向云端，最终也没找到答案。

夜凉如水，在水一方，眯眼的刹那，感受到微风拂面的温柔，你会弄不清是熟悉的情人之手伸来，还是陌生姑娘玩笑地搭讪，抑或，就是夜之女神的直接试探！

我不沉醉于夜丰富如酒的滋味，我痴迷于夜以它浓墨般的黑书写无限的可能。

我未来的人生是夜晚，夜色无边，谁也无法把它一眼看透、看穿！

（刊发《海口日报·阳光岛副刊》，2019年7月8日）

雷

水中炸雷，鱼儿无处逃遁，或死或伤；空中响雷，鸟已躲藏，安然无恙。这炸雷，由人投掷，显现无情的贪婪；那响雷，由老天安排，展示仁慈的力量。

雷本无好与坏，只在于由谁制造！

平地一声惊雷，或是寒冬突降的灾难，抑或是春雨普降的喜讯。雷声大雨点小，或已达到有效的震慑，或是徒劳无功的虚妄。

闲人爱隔窗看雷雨，想象何方有恶人，正被雷公劈开白脸；诗人乐于把雷电引入身体，我担忧激情的河流涌来，容易使他受伤……

惊人事，总有雷鸣般的效果，但不是推动时代前进，就是惹火上身。

我还是喜欢自然之雷。眼前，闪电如鞭；耳畔，雷声隆隆；心海，热浪滚滚。

真想拥有天赐的特制口袋，收集些催醒灵魂的春雷，留待肃杀之秋昏昏欲睡时放出，震己慑人提示众生！

（刊发《劳动时报·副刊"诗情画意"版》，2023年7月14日）

云

云在天空行走，水在大地流动，均时隐时现。云和水，拥有相同的生存哲学。

有行云，必有流水。天地两个不同世界，拥有各自纯洁之物。

天地对应，天有骄傲，地有自豪！

唱首《云水谣》，唱出云的舒缓、水的曼妙，更应唱出云和水未被污染的幸福长调。

故乡的云，永远停留在那一方纯净的天空。云的衣裳，总有天光霞影来衬托，天光霞影也在一江春水中沐浴过。

天边走来的一朵云，在我的湖心弄影。我的水域，所有的响声，却因你的心而生，带着心律的节奏和呼吸的旋律……

云，善良的人想触摸你，与你握手，彻夜长谈，以期获得被天空拥抱的权利。这就像沾染恶习者或有罪孽者在水中濯足，面对流逝的时间忏悔，以期重新做人！

行云流水，诗意盎然。云的无限写意，促成了人们对身边水更加注目和喜爱。看，水面上层层浪花，如云真情叠加，那也是云在尘世涤荡心灵的舞蹈！

如果水被亵渎，云将是人间最后一块净土！

（刊发《浏阳日报·悦读副刊》，2019年8月9日）

霞

借你一方水域，照我明媚如画的霞光。

东方、西方，日出、日落。我并不只在天边妖娆。在你的秋波里，我更加多情妩媚吧！

你已习惯都市生活，认定非此即彼的思维逻辑，认可堵车就堵心的逻辑，最爱跟风地把痛苦和欢乐都几何式地堆在脸上……

我不能说你心里的光在消耗中减少，只乐意说你该从事物的另一面寻找更多光源！

每当我露面时，海面和林梢被染红。如果你能到我背后，还会看到，山顶和银河也有我点燃的火焰！

凌晨，为我欢呼的人多；黄昏，向我挥手的人也不少。但我痴痴盼望，却少有人与我对视。你匆忙一瞥中，我又能给你什么人生启示？

山居小屋在瀑布下游的碧潭旁，探访者只见被绿树遮掩的柴门与小径，而画者却穷尽瀑布源头，以俯瞰的角度，勾勒背后那连绵万里的群山。我，从群山尽头，穿云破雾来到人间！

请把眼光放在更高远的地方，放在我的诞生地。

随时光行进中，你将会看到，清晨海边一对雀跃的倩影，相依牵手平静地走向暮色深处的剪影……

（刊发《石首文艺》，2019年第3期）

（刊发《中国诗界》，2023年秋季卷总第37期）

光

接近神的人，却说看到了光。平淡的眼睛，看到的只是光的外壳和幻影。

洁净的光，在日月星辰的体内修炼，与人间的灯火相辉映，像两条不同跑道上的骏马在奔驰。

你愿当光的俘虏，还是要做擒获光的王？

把天上的光，请到地面上，铺展在花卉和草地上，烹一场光的盛宴，天使会欢呼舞蹈。

光不仅仅是由金子锻造的，不仅仅是令箭，还是心的使者，还是降服黑暗的勇士。不懂光者，也有被光敲门的时候，但更多的光会随风溜走，或擦肩而过。

对光心怀崇敬者，明白光亮、光华、光彩的意义，更会获得光的青睐。成为拥有灵魂的人，有望光芒四射。

与大佛对眼，可见普照的佛光；凝视山水，可见明丽的山光水色；以高远的心境看世界，可见分外迷人的大地之光！

当爱情来临，你坐守在春风中，我醉倒在你的光晕中。

当人生谢幕时，夕晖洒满天，谁将化身那最炫丽的一抹光影……

此生不长，也不短，一切刚刚好，那就与清风交朋友，与明月谈理想，以太阳为方向，以星星为坐标，努力做一个在尘世闪闪发光的人！

（刊发《诗人榜》，2020年第2期）

岸

岸与水相依，如肌肤相连，是岸重要还是水重要？

有水便有岸，有岸的逶迤，便有水的绵延。是岸塑造了水，还是水改变了岸？

我本是山村里的一泓清泉，流淌进村外的小溪，流入遥远的江河，汇入天外的大海。我在滚滚奔流的人潮中，动荡、起伏……

父亲一直目送我。父亲的眼神是岸，走到哪里，我都能看见。在潜流中、在漩涡中……身处哪种逆境，我都心安！

岸不仅是风景，还是水之稳定器。岸不仅标记水位线，还是情感的记录仪。

倘若水不朽，岸会老吗？水的放纵和肆虐，会让岸倾斜和坍塌！

江河湖海，各色人等，均有自己的依靠，自己的岸。

岸有天然的、有人工的，有土造的、有石质的。岸迎向风雨，久经烈日，岸不随风动，只随水走，岸创造了情感世界的模板与传奇。

看着父亲苍老的容颜，我停下与时间赛跑的脚步。我把手搭在父亲的肩上，就像一朵跳跃的浪花，轻抚皲裂的岸壁。

多么希望可以这样永久地轻抚。在烟波浩渺处，或许已没有岸的踪迹。但此生，我羸弱的岸需要用心修复和呵护！

（刊发《散文诗》，2019年第1期下半月刊）

礁

就把口诛笔伐的泡沫星儿，当作奔袭而来的浪花吧！

在这一方面，你首先要学礁石。

微澜或巨浪拍击，是在考验你的体质，检测你生理和心理的平衡度。

虽然有神经的麻，有入骨的痛，但并不会把你摧垮。

就算不怀好意的浪，没缘由地反复撞来，还携带着多种染色体和富油质的垃圾，但也无法把你颜面真正糊脏，因为还有清正的雨水，不时来把你的礁面冲刷洁净。

正像岛上有礁，你来海南岛生活，这都是天意！去过几次海边，伫立晨露和夕阳中，像看庙中佛、水中仙，长久凝视了岸边群礁和海中央只露头的独礁后，你把一块礁石请入心窝，如同给心海植入定海神针。

依然回到城市，明显感到体重增加，似乎胸怀已扩大，承载的还有海风的力量，步伐也更加稳健，对一些物事、人际关系看得更清也更淡。

礁，经得起风吹日晒，经得起恶浪唾骂捶打……

拥有礁石者，像拥有希望、理想一样，是正直的勇敢的斗士！

（刊发湖南《浏阳日报·悦读副刊》，2019年9月11日）

崖

乌云耸起的高山，成吨的暴雨跌下天空的万丈悬崖，城市街头河水泛滥，殃及池鱼与众生……

崖，是灾的前置，是难的前夜。从崖上掠过的事物，不管是一具肉身，还是一根残羽，都令大地震颤！

悬崖绝壁上风光无限，如同罂粟花疯狂招手。

登上山顶，露出绝望的叹息，夕阳滴血泪流。

被逼近悬崖，只有绝地反击，方是唯一活路。悬崖不勒马回头，人生苦难便没有岸。

崖有天然的，也有人为的，现实跨不过的，只好在梦中腾飞。

有崖挡路，便生寻路的勇气与智慧。

你作壁上观，他在崖上思过。

此时，血压、血脂、血糖偏高，我走在身体健康的临界点，再越雷池一步，便会葬身崖底。

崖，终究一片好心，它是立在险峰的警钟，是对生命的提醒！

（刊发《海南农垦报·南国珍珠副刊》，2023年8月25日 ）

岛

海和天对应，海蓝，天也蓝。

岛是海的一枚发亮的纽扣，云是天的一枚闪光的石子。

岛和云是海和天相恋相亲相爱所生的双胞胎！

云是海上的岛，岛是天上的云。

一动一静，云和岛同心，但有不同表情。岛有时碧绿有时泛黄，云有时乌黑有时纯白。

站在岛上看云，会发呆，惊奇朝霞为云朵镶嵌的金边，如佛光。

如果端坐云端看岛，是否会愣神，惊叹夕晖为岛礁篆刻的彩线，像神曲……

不管天何时老，海何时枯，树木都得呼吸天地的灵气，就像不论成功还是失败，世人都得感受成与败的滋味。

正在想天地和成败时，云一朵一朵从眼前飘过，仿佛不断发出让人躲进虚空的邀约。

我还是和许多喜欢大海者一样，坚定选择生活在岛的怀抱里，看花开花落，数珍珠般盘点不断滑落的日子！

这时，一场雨从云中倾泻而来，那是她在生气还是她为我感动而流下的泪？

（刊发《枣花》，2023年第3期）

沙

沙与孤独抗争，与寂寞对阵。

沙漠里的沙，守的是荒漠的苍凉；江河与大海边的沙，守的是水的单一。

每当风起浪击，沙磨砺的是自己的血肉，撕咬的是自己的内心。

通过孩童的手、情人的足，可以在沙海上垒起童话般的小屋，豪华如帝王的宫殿，美丽如心房，但都如海市蜃楼，转瞬即逝。

沙复归于洁净、直白、单纯、简单，一如它本来的命运，原始的性格。

没有什么色彩和盛宴能诱惑沙，没有什么媚眼和谎言能蒙蔽沙……

那永远在路上从早忙到晚的记者，那心无杂质比娃娃还天真的诗人，那一根筋扎在实验室的科学家……正是一粒粒的沙！

他们的背影大多是绿洲碧海，任由风与水的手安排位置。

看大漠孤烟，海上日出，长河落日，金江余晖……种种颤心之美，不羡你是风儿还是水珠，我庆幸是一粒沙，可以随遇而安。

心怀所爱的事物，留住本我，看世界在眼前奇迹变幻！

（刊发湖南《浏阳日报·悦读副刊》，2019年9月11日）

土

城市无土，这是偏见的声音，或许是为扩大乡野的情趣，先入为主地让城乡形成矛盾对立。

城市到处都有土，这不是夸张的说辞，不仅土的影子随时可见，土的原形也不时相遇。土是可信的，它从来没有离开我们的生活。

母亲放在阳台上的大大小小的花盆，就是一块块土地的王国。小盆里只有一撮土，但对于一株草本植物来说，已是无限辽阔的疆域，足够一生一世的荣枯。

清晨，我还看到随风飞来窗台的一粒灰尘，它如压缩的羽毛，轻轻飘落。如果以微观的视角观察世界，这就是愚公移山，风把泰山搬到了眼前。

对于巡游每一寸角落的阳光来说，这粒毫不起眼的微尘，同样有着巨大的生命。它若再随风飘落别处，将又一次焕发新的生命！

有天就有地，有地就有土。就像梦可随处生成一样，沃土无处不在！

土，是永恒的爱的宣言，它给所有人精神的凭依。

以前，在这座大海之南的城市，在海岛的摇篮中，我总有游子般的唔叹，有漂泊不定的感觉……现在看来，那是因为欲望太多，不知道心根该扎在哪片土地上！

如果说恨是走远了的欲望，心越来越安，那是因为爱就是我最好的土壤。

请让我把对万物之情，扎根进这热土的梦乡……

（刊发《亳州晚报·涡河副刊》，2019年9月11日）

浪

浪与浪相牵相连，却无法脸贴脸、肩靠肩。

浪，群居而孤独。

浪不问养育它的大海，它将能奔向何处。粗重的潮声，已将它预备在喉咙的话语吞没。

浪有阵痛，隐在水滴里。水滴反光时，会被太阳看见。

浪有秘密，藏在溅起的浪花里。浪花跃起时，会被月亮发现。

浪花被路过的眼神抚摸，还能感受到秘密颤动的心绪。

社会如海，单位如潮，路是岸，家是港湾……

你其实是一股浪，被时代推动前行的浪，可你必须走出港湾，而且远离海岸。你在海的怀抱，在潮的反复拍打中，谱写生存之歌！

你身边无数人，掀起不同的生命浪花。

你有忧伤的小夜曲，更多的是在潜流中的怒吼。你在天边之水中，跳着火龙舞。

你孤独的灵魂，或许终将崛起成一座灯塔，照亮风雨中过往的船，和其他奔涌不息的浪！

（刊发《亳州晚报·涡河副刊》，2019年9月11日）

（刊发《中国诗界》，2023年秋季卷）

井

村庙翻新，牌坊被拆……乡村受难。唯一口古井幸运，安然在路旁。

井，是搬不走的乡音乡情，是永恒的乡愁之源。

不得不背井离乡的人，背负人生最大的苦愁。

吃水不忘挖井人，就像不忘我们的祖先。

井，无论大小新旧，对返乡游子来说，都是一坛喝不完、越喝越爱的老酒，但看一眼、掬一口就醉得步履蹒跚。

井，还是村庄的眼睛，在沉寂的夜晚，当所有生物都进入梦乡时，它和星月对话，无声地讲述村庄古老而迷人的故事。

行走多年了，也没走出故乡之井的记忆。井如母亲，给的是不求回报、血浓于水的养育之恩！

文学的井，清澈甘冽；情感的井，深不可测。

心也如一口井，流淌着灵性之水。要小心呵护，使它不被风尘掩埋、世俗抹黑、金钱污染……

（刊发《浏阳日报·悦读副刊》，2019年8月9日）

（刊发《海南农垦报·南国珍珠副刊》，2023年8月25日）

潭

无可避免的小人、琐事，在损耗着你的生命……

你就来潭边遁世一番，到潭里自我照镜并洗心，重新做一回树一般的新人，不太容易激动，也不太在意风声，禅定如神！

其实，有潭一样的知己，寻觅你一样懂生活的知音。

飞瀑成潭，潭又飞泻成瀑。潭水以流动的形式，弹奏生命的乐章。

飞瀑与潭，动静相宜。动若脱兔，静若处子。

潭是喧嚣人丛中的深井，映照着异域的蓝天白云，折射着天外的光。

如潭之心，从善者亲近，从恶者心悸。

绕城过村的河流，流淌着明媚的歌，悦耳动听，人人易懂。而人心之潭，该隐藏着多少秘密，还如火山岩壁上的仙人掌，可想可观而不可轻易触碰。

潭是多棱镜的波光，潭是净化混沌的希望。

云影也会掠过裸露岩石上的心海，脚步匆忙的水流不一定反馈真实的心声……

而读懂潭，你就懂得周遭大风时常欲将你埋没的危险，从而可以始终坚守澄明的人生！

（刊发《大沽河》，2019年第2期）

溪

起初，忽略小溪，缘于不相识。了解越多，对它越爱。

走进山谷，是心灵渴望美好的牵引。两座山像两片叶，小溪就在叶片交叠的线上，如水珠轻盈滚动。

动出一阵阵笑，滚出一串串歌。

空气清新而湿润，流淌着香与甜。小溪快乐地歌唱，不只为倚在身边的一块草地，也不只为遮向它的一片绿荫……

它把清澈的歌送给大自然所有的生物。让来不及长耳朵的，也可以用跳动的脉搏来倾听！

溪畔的植物王国，强弱并存，和谐共生。

岩上的一株高山榕独霸一方天地，根须攀竹抱石。它长满了无数的果子，这些都是鸟儿喜欢的美食，这也是它繁茂的秘密。

山道边的几棵小叶榄仁，就是一把把绿色的大伞，再炽烈的阳光也穿不透它的荫凉。临水的一溜龙船花，如挤在一起的红风车，淘气的孩子喜欢拔出它们的芯如剑一样抖动玩耍。

沿岸葱郁的落地生根，连成一个强大的青藤与绿叶交织的阵容。掐它一片叶，哪怕随手扔弃在岩石或树丫上，它也可以顽强生长，显示出比无心插柳柳成荫还强大的力量。

小溪的每一段，倘若留意，都是完全不同的风景。与溪相连的那些有名无名的花草树木，如仔细观察，便见细节之美。

小溪一直低调。但溪边的植物却是有的天然高贵，有的天生卑微。如有的宜观赏，有的特实用，你看那叶和茎都不起眼的飞机草，随处可见，也会被随意踩倒，却是农夫所最爱，其叶与汁有止血奇效。

小溪的话题说不完，它伙伴的故事也道不尽。

溪流为什么不停息地歌唱，原来是为时时赞美周边数不尽的神奇！那么多灵动的眼睛、鲜嫩的嘴巴、温柔的情与挚爱的心，却不为匆忙的人儿所见、所思、所想。

知道得再多，我也不敢在溪畔随意下脚，生怕每一脚下去，都会造成很多伤害！

（刊发《三亚日报·鹿回头副刊》，2019年11月4日）

瀑

面对狂欢的人潮声浪，你只是看只是听，并不伸手去牵那潮头与浪花。

你像光明大道上怀抱黑夜和一缕月光的独行侠。

这时，我知道，你拥有了瀑的性格。甚至，把自己当作一道野生的瀑布！

瀑布从天宫跌落，在山顶重生。如神的弃儿，没有谁再为它指路。

四面岩壁，如钢铁所箍的生活圈。瀑不犹豫，选择纵身而跳，不惧山下是刀林还是火海。

瀑的手中有自然法典，法典中只有锲而不舍这个成语。

在飞跃中丈量自己的高度，在滑翔中展现自身的光华。风也无法阻止它选定的方向，有雨融入便成飞溅的水珠。

瀑把大山当背景，把黑岩当作书本，书写坚持不懈的文章，吟咏立体的诗，绘九天飘带图。

世人寻迹而至，读出它眼神里的刚强，也读出它骨子里的浪漫……

你如瀑，你只需要用一生砸入历史深潭的巨大回响！

（刊发《浏阳日报·悦读副刊》，2019年8月9日）

水

沙漠无水。原本丰腴的土地，风化成沙，繁茂的千年城池也风干成尸。

大旱之季，一向松软的庄稼地，龟裂成裂纹交错的绝望表情。

无水便无疆土、便无粮食。那么，有漂泊的家，有没有无水的爱？

男女相爱。在女人眼里对方是青山，在男人眼中对方是绿水。哪里有青山绿水，哪里便有幸福家庭。

黄河之水天上来，灵魂之水心间生。爱如潮水，上天也入心。

当红唇迎向水，如春风拂向杨柳，再暴烈的日光和阳刚的世界，也瞬间温柔起来。

　　我若灵魂焦渴，你即使携大江大河奔流入海，在我身旁掀起千层巨浪，也不如送一滴山泉之水，滋润我心窝。

　　你的一江春水向东流，若流过草坡就喂活我的牛羊！

　　当心上人的激情涌来，身体沸腾成热水，你渴望变成一片茶叶融入，浸泡出满室清香。

　　当思念在夜晚袭来，月光如水漫过山岗，我奔跑如风，逐月而行，期望爱之舟浮于银河，爱之河泛出粼粼波光。

　　渴是情感的痛，水是天然镇痛灵丹。

　　有水，山才昂首；有水，树才招手。你我如山如树，均已双手合十——

　　愿圣水下凡，愿和风细雨……愿人间爱的河流日夜歌唱，水流不息！

　　　　　　（刊发《海口日报·阳光岛副刊》，2019年2月27日）

雾

　　我就是那茫茫的雾，我虽天生，却不是天之骄子。虽然四季都有我的身影，但我行踪不定，也难以琢磨，人们对我褒贬不一。

　　清晨，我如网般锁住城市，五彩的楼宇都成翻白肚皮的鱼，起伏在我的雾海里。它们和树和人，是同样的命运，看不清彼此，熟悉成为空词。连一向醒目的红绿灯，也像流浪者睡眠不足的眼睛，木然无神，迷迷蒙蒙。人间因我而改变。

缓慢上高速公路的车辆，紧急收到打开雾灯的提示。一路上，凡有大小事故，都会算在我的头上……

当我成絮，漫上山顶，人们赞我如诗如画；当我成团飘在海面，人们又誉我宛若仙境；当我晃进梦里，人们惊喜竟然能把我像棉被一样抓住……

我只是改变了一下形状，就像好打扮的姑娘，便展现了不同的世界。地球是我的舞台，无论它怎么给我自由，让我任性表演，我都把握一个准则：隐约或朦胧永远是我的主题。

凡我出现，就让观者别把生活看得太清楚，别把土地看得太清晰，别把人心看得太透彻……我遮遮掩掩，其实是在培养人的美感。

就说在我怀里升起的太阳吧！它呈乳白色，还带着鸡蛋清一样的光边，就像娃娃鲜嫩的脸。你可以欣赏，可以揣摩，可以凝视，甚至可以在行走中，顺便伸手把它揣进心窝。

总之，你会知道，除了日出日落，耀眼的太阳还有另一个面孔，它竟然也可如此亲近！

说人生如梦，不如说人生如雾，把我作为你人生之旅的标签。也许你一直以为走不出雾都茫茫，但一旦走出便会惊讶，世界还是原来的模样！所有的标签只是你对生命的一种对照与掂量，可以随时撕去。

春日清晨，有人喊："又起雾了！"如果你乘既定轨道的动车，就像披着我的轻纱，进行一场梦幻之旅。

如果有伤害，那并非我本意。在骨子里，我和风雨云一样，渴望成为美化你生活的天使。

我不影响任何人的目的地，我应是激励所有人坚强奋斗、不断前行的神奇衣裳！

动植物

我试图看清有生之物的灵气，却被看
到自身的稚气。

龟

如京剧演员的兰花指，影视笑星的大耸肩……缩头，正是龟的动作经典。

以坚持不懈地默默爬行，最终赛跑赢过了轻敌打盹的兔子，从而创造了留在书本史册中的传奇，为孩子们欢喜。

在浅池或深海，一样可遨游。水与陆，均可安家。就算成为人们口中的美食，去骨所存的汤也鲜美无比，仿佛把一生的精华奉献。

有神龟出没之地，细碎的浪花也能谱成伟大的乐曲。

因为不急不躁，缓慢徐行，从容镇定，还被人视为长寿的象征。一些庙宇，把龟和灵蛇列为一起，引导世人把其放置在灵魂的高处瞻仰。

褒之、贬之、喜之、戏之，龟均不在意。成为石雕或落寇荒山，它一样地眯起细眼，似乎对过于热烈的阳光与目光始终敏感和保持警惕。

骑在牛背上的是吹笛牧童，坐在龟背上的成盖世神仙。

邻家孩子购两只幼龟，天天盼它们长大，龟还没长到预想中的脸盆大，可以刻寿词放生时，孩子已长大，背起行囊走出家门把自己放飞！

在夜晚，一只龟把蛋下在沙滩上，让其沐浴星月的光辉，接受风的抚摸，倾听大海的潮声，静候破壳诞生。

渴望成为千年神龟者，由此读懂：忍是人生的哲学，新的生命当交付大自然冶炼。

鸟

大地是人的地盘，天空是鸟的王国。

人在地上奔波，鸟在空中跋涉。人和鸟各自忙碌，没有空谋面、凝视、对话，只好隔着窗、隔着树、隔着风，鸟听人语，人听鸟鸣，互觉美妙。

鸟用翅膀和心飞翔。人不满足只用文字和歌声飞翔，除了乘飞机，还借助热气球、滑翔伞在飞……

人生活的花园，鸟也喜欢。鸟依人。鸟翱翔的领空，人也渴求。人如鸟。

清晨，鸟从树枝间洒下一串鸟鸣，就像送给窗口一朵朵阳光的花，让从迷糊的梦中醒来者心花怒放。失眠的人多么希望把鸟鸣种进梦里。

鸟是精灵，鸟鸣能安神。

对人来说，鸟是自由的象征。只有行为不善者，才给鸟以牢笼。

在鸟看来，鸟和人同源，一起被罩在天地间，所以，同悲同喜同命运。

当人间有难时，空中有鸟的凄鸣和灰暗的背影；当祥瑞降临人间，群鸟激情扑腾的翅膀，跳起天之舞蹈！

（刊发《散文诗·青年版》，2019年第11期）

（刊发《海南农垦报·南国珍珠副刊》，2022年7月8日）

虫

小如肉眼看不到的细菌，可以忽略不计；大若腾空而起的巨龙，列为石雕敬奉。

虫，出生卑微，不是挣扎在泥滩中，就是爬行在沟渠中……出行也艰难，不是跳动在暗影中，就是起飞在黑夜里……

还始终背负着人随意强加的恶名。比如，说那人生为懒虫，说这个耍雕虫小技，还称某某某是跟屁虫，也别有所指地道某人或某个团体是超级害虫……

真实的虫儿，一律都忍着，无法辩解，也不屑于正名。

其实虫之世界和人之社会雷同，虫分益和害，人也有好和坏。人有千秋立业者，虫也有世代传诵者……

虫不学人改变生活，而人通过研究虫取得许多重大科学成果，不断改善了人的生存环境！

曾记得在武松打虎的故事中，虎也被称为虫；还记得乡下父亲训诫孩子时说"到底要成虫还是龙"……

原来，若生为虫或活似虫，内心亦可拥有成虎成龙之梦！

站在高空看凡间，人和人拥有的汽车、楼房和高山都渺小如虫。

今夜独坐枯灯下，听窗外不知名的虫"唧唧唧"弹奏如潮如涌的音乐，恍若自然界的魔法，正在消弭虫与人的界限以及人对虫的隔阂！

（刊发《散文诗·青年版》，2019年第11期）

鱼

你潜入水底，却不被水呛；你在水草间，却不被草缠裹；你游入刺崖利石，却也丝毫无伤……

如果尘世如水域，人人似鱼，我是否能像你一样安然自在、飘逸洒脱？我是否该用鳃呼吸，是否应拥有你一样的鳞

衣、尾巴和鳍？

我不是临渊羡鱼，我是渴望变鱼！

你是水界的仙子，也是人世的念想。甚至在年节里，人们还拿你作吉祥寓意，世代承袭。

鹰翔最高处，鱼潜最深处，成为人之梦想的两极。

你家族庞大，你是万千种类的总称。你的世界里，鲸最令人惊异，它游在水天交接的浩渺之地；美人鱼最惹人怜爱，它游向如花飘香的梦乡深处……

你的王国，有世外桃源，也有烽烟四起，有残酷的角逐，也有美丽的神话！

当看到垃圾抛入江、鱼网撒入河、炸雷投入湖、毒丸倒入海，我决定收回成为鱼、成为你的痴梦与遐想。这多像一个国家侵害另一个国家，一个世界侵染另一个世界。

我要成为勇敢的斗士，制止这些行为，以保你的家园洁净安全，以示对你真正的爱！

蛇

蛇闪闪发亮，冷若冰霜。科学家鉴定蛇为冷血动物。是否冰冷的事物，都容易具有特别引人注目的光？如冷月，清辉使人心伤；如冰雪，光芒令人神伤，还让远行的路人有莫名的紧张。

蛇盘于梦中，蠢蠢欲动。梦醒者，还在为钱串子吟吟而笑。解梦者认定梦蛇是财富临门之兆。难道有鳞动物，均被世人视为财气聚身之宝？如鱼、如龙，且它们还互有关联：鲤鱼跳龙门，蛇大便成龙。

蛇吐信子，信号危险。杯弓蛇影仍晃动在一些人的心里，美女蛇仍在欺骗一些痴心人的感情，而农夫与蛇的故事还在人际间悄然发生……蛇让人想逃跑，令人尖叫！人们不惧蛇齿，却怕飞溅的毒液。

在梦里梦外，想到与蛇有关的事情，不得不暗自吃惊起来：象征财富的蛇，是冷的，也常常是带毒的横财、不义之财，如毒蛇吞噬心灵！

（刊发《客家文学》，2023年冬之卷）

龙（一）

想到龙时，一朵花在身旁灿然开放，那陡然张大的花蕊，仿佛要接住龙珠。

龙在天，感应着人间每一点与它相关的念想。

龙在海，波涛汹涌，每一丝波纹传递着它旺盛生命的气息。

龙所现之地，邪雨恶风消隐。

龙以山形水状幻化在自然，以石刻木雕存在于城乡。

与龙对视过的眼睛，不仅可见人间最纯真的烟火，还可见看不见的远方。

触碰过龙迹的手，充满了神力，不仅可将生活拿得起放得下，还能迸发汇聚未来激情的火花，推动现实和历史的巨轮。

龙是灵物，也是万变之物。龙小如蚁，大可遮天。不管大小，变与不变，在龙面前，如面对浩瀚无际的宇宙，如面对横亘大地的戈壁，如面对辽阔深邃的大海，人会感知到自己的渺小，唯有争取内心强大。

龙（二）

古时圣帝"乘龙"。

远古走来的龙，读过《诗经》，读过唐诗宋词，读过人间一切苦难和悲欢，把自己读成了祥瑞，读成了华夏儿女的脊梁，读成了中华民族的图腾。

龙腾，腾出神州大地龙马精神。

龙吟，吟出九州方圆锦绣河山。

龙宫、龙女、龙王……传说在民间，神奇驻心间。

龙，是一切尊崇之物的总和。

就算龙虎斗，斗的也是精神与激情、智慧和豪情。

龙鳞翻动，我看到龙体散发着信仰的温暖之光！

读龙，读的是国，也读的是自己——永不褪色的灵魂！

（刊发《客家文学》，2023年冬之卷）

猪

在不少人眼里，你从十二生肖中走来，走出了四脚蹒跚的风采，走出了憨态可掬的形象！

看你大耳朵的卡通形象，看你影视剧中倒打一耙，忍不住笑那曾在高老庄的新郎。

有人说你最蠢笨，也有人说你最聪明。

不过骂人时，会有人连你和狗一起骂。

你总是哼哼、哧哧，不言不语，仿佛是非功过任人评说，我自养身长膘悠悠生活。

在儿时，见乡村屠夫解剖你，并不觉得你的嘶叫如何痛苦。现在，依然不觉得那是什么行为艺术，却也不认为当为你鸣不平。

只是那杀猪匠后来改行当了剃头匠，各种故事可装满一箩筐。他修理毛猪是老手，修理人头是生手，总是动不动忘了剪子拿起刀，令人发笑，也让人害怕！

人逾中年，乡村生活已渐模糊，我搜罗所有关于你的记忆，发现你没什么坏，竟也没什么好，更无特别之处，普通得如一阵不起眼的风。

你的家族一代代，都为人类献出了生命，可至今没有人为你树碑立传，也没有人为你写一首赞美诗，谱一首歌。

不如，你就回到十二生肖中去吧，让属猪的人，天天在心底念叨着你！

狗

你喜和猫搭爪，你追猫到屋后时，猫已爬上了树；你爱和主人亲热，你追主人到村口时，主人已独自去了远方。

你坐在门前，让门前成了另一个家。你坐成了夕阳里的剪影，坐成了浓得化不开的乡愁。

你虎视眈眈过的老鼠，你跳起要握手的蝴蝶，你汪汪逼退过的路人……早已消隐，不知在何处，而你的动作却生动在记忆的屏幕上。

城市生活，已让人没空和一只鸟对视，就在隔窗听一串鸟鸣中，把你深深回想！

怀念你，怀念一只虎皮狗，仿佛把山阻水隔的故乡捧在了面前，细细端详。

那些年，我漂泊在外，母亲把你当作我喂养。串门归来，总要给你带些好吃的食物；晨昏不见你，总要对后山密林呼喊几声你的乳名；还允许你赤足跳上床，给她冬日暖脚……

不是因为有了房子，有了菜园，有了池塘，而是因为有了你，有你做伴，才成为一个桃源之家！

直到最后，你满世界寻找亲人，寻不到熟悉的身影，不吃不喝，还遭人毒打，直至死去。

由此，你是我情感纽带上的一处伤，母亲心底永远的痛！

牛

如果让你和狐狸站一起，狐狸娇艳无比，你像她身旁耸起的一座泥巴山。狐狸显得更狡猾，你被显得更敦实。

你从远古走来，一直走进人工智能时代。狐狸都已快绝迹，只能存活在虚妄的梦中和寓言的书籍里。而你仍遍布乡村，在草原上还是如云朵般成群。

狐狸只为她自己，甚至还从乌鸦嘴里骗食吃。你天生为大众，你的毛发、奶水和骨肉，都为人所用，包括你的力气和精神也为人所享。

你的眼里有血丝，但没有风尘；你的牛犊不怕虎，也不怕豺狼，更不屑与狐狸比美比幸运。你的每一步都踏实如铁，都有对得起天和地的虔诚。

你的蹄坑储满雨水，也储存着乡村朴实无华的身影。你躬耕前行的剪影，成为启迪人类奋发有为的图腾。

狐狸无法圈养。你的牧场，可以向陌生人开放。

你的尾巴甩着太阳流汗的脆响，你的双角挑着浪漫的夕阳。你站在山坳或河滩，你走在城市郊野或乡间小路上，过的都是天仙般的慢生活，呈现的都是诗意流淌的《农耕图》。

黄牛、水牛、牦牛……孺子牛，人们只是将你比喻，并不将你神化；斗牛、敬牛……牛市，人们就算把你引入娱乐圈，把你当神供，把你当作愿景，却依然还是让你为人间应用。

因为有你，我无数次怀疑狐狸存在的意义！

狐狸是羞赧，藏匿于人间；你是自豪，坚挺在尘世。

如果让你退出历史，除非没有了人类！

你和你的祖祖辈辈，喂养了我和我的祖祖辈辈。一想到土地、河流、母亲之类，我就忍不住给你一跪！

你即使不是人的母亲，也是人类的乳娘！

鼠

你眼睛滴溜溜转，如一溜烟一闪而过……

你是贼，只偷食，不偷心。

你昼伏夜出，一有动静，立马跑回几乎深入地府的老巢。

你打洞本领天生，堪称天然钻探工。

如果拍一部你的纪录片播放，将会天下无贼，因为世界上的贼，在敬业和技艺方面都自叹弗如，而羞而愧，从而金盆洗手。

人间的钻探工，也将集体罢工，要求把艰巨任务都转交给你，想用赌气换来坐享其成。

因为你有绝活，所以你若过街，就会人人喊打。你作为生活中的一个负面典型，时时提醒社会，处处自我警醒。

人们还借你的名，咒一些不良之人，如"硕鼠"。

收藏一张你的生肖图，把你当作另一个我。我总是说你鼠目寸光，以激励自己树立远大理想。

（刊发《客家文学》，2023年冬之卷）

猴

美猴王去西天，更多的猴留在了花果山。

聪明如猴，守一世外桃源，食鲜果寻天泉，自在看云飞云落，哪管他妖成魔、人成仙。

有此共同想法者，皆成为被领导者；有不同想法的美猴王，取经归来，依然坐宝座！

被请出山的猴，成为齐天大圣，纵横天宇；被抓出山的猴，受难人间，一路辗转。

街头耍猴者，也常被猴耍！

老虎只是凶猛，今几近绝迹，能看到的，不是影视中的虎皮标本，就是动物园里的困兽。

猴子智慧灵巧，一直霸占诸多奇山，世代繁衍。

自然是猴的衣食父母，人是猴的最大敌人。

人让猴克隆出猴，猴将找不到自己，将来全是相同的猴在一起，谁会跳出山去取经，那宝座将一直空成石椅？！

我杞人忧天，一时忘记了我的祖先也是猴。猴是灵性之源，假如没有人类了，或许猴又将演变出世上最聪明的动物！

（刊发《客家文学》，2023年冬之卷）

兔

　　看画家画的动物，多为静态。动物之动，更令人动心，而动之绝美，当属兔子。

　　形容速度之快，世人爱说："快如闪电，动如脱兔！"

　　兔在广寒宫陪嫦娥，也在凡间陪孩童。

　　兔的大耳朵，就是可爱之凭证。它听风听雨，听神仙之语，也听人间心声。

　　天上兔，地上兔，应是一家兔。天空白云掠过之迹，可是草地上白兔跑过之踪？

　　红眼睛，短尾巴，耳朵竖起来……当兔走入梦境，梦中人几疑自己是嫦娥，伴天地和自己永不老的，便是人见人爱、神见神喜的玉兔！

　　兔，始终不语，如真爱无言。

　　（刊发《北海日报·廉州湾副刊》，2020年5月22日）

马

……不是幻想，我把所有看到过的马，都视作天马。

就连那海拔不足1米的矮马，我也用瞳孔把它放大。我躺在草地上仰看，天空就是它的背景，它只要一甩尾一扬蹄，就是天马行空。

天马最懂天道。它明白，驮载人这种最高级的动物，背负其能穿越古今上天入地的思想，简直就是天意，就是幸福的毛毛雨，就是此生得意马蹄急！

4000年前，野马被人类驯服，不是美丽错误，而是正确选择。马寻觅到知音，人找到了最好坐骑！

骏马奔驰、马踏飞燕……人与马同体，马与人同飞，那颈上卷鬃、尾上长毛和人的衣袂，一起驾风掠云，羽化成翅，撼天动地！每一匹马都有飞马的感觉，都有成为飞马的渴望与梦想！

我的父亲属马，一匹70余岁的老马。有一天，他会去天国，成为天马。也会有一天，我也腾空上天，那就找到父亲骑上他的马背。

一如在人间幼时，他学宝马良驹，我成为最优秀的骑手，一起"哒哒哒"——飞得日夜不分，飞得星月颤抖，飞得天花乱坠，人和马心花怒放，忘记彼此何年何月何日生！

羊

一只小白羊跳过溪涧，如一只银狐一闪而过；一群大黑羊散落雪山陡坡，就像来自历史深处的精灵，出现在大自然的银幕上……

有羊的河畔，再清淡的风景也丰富生动起来；有羊的山岗，再火辣的山风也矜持温柔起来。

不单单是温柔，还有温软、温和、温顺……所有与温字相连的词，几乎都是为了羊而生。羊的绒毛上散发着栀子花香，羊的体内流淌着故乡的小河。

因为一群羊的走失，整个少年时期，我在梦中都有对牧羊女的渴慕。这心事，只能夜半醒来，静静地对着月亮说。

羊的族群原本不在尘世，而是天上的白云朵朵，不仅净如眼神，而且柔得醉心。

阳刚的秉性，决定我一直奔忙在火山的路上，生活的遍地都出现焦灼的迹象。

望见水，我想到羊；看到星，我也想到羊……

难道雄性的一切美好，都与羊有关？

一生追求一间天堂的小屋，我想：只需一只爱的小绵羊陪伴。

虎

一只虎，把四肢耸向头部，额头上隆起花岗岩的群山，一张脸凝成铜铸盾牌，完全可挡成吨级的冷箭热弹。

如果攻击对手，将无坚不摧。

这不是画，是意志的图腾。

虎啸山林，附近十里村庄震动，落叶缤纷，树从春天滑向深秋。

龙虎斗。龙上天入地，尾掀狂风暴雨。虎只盘踞巉岩，威震八方……

不学武松打虎，打的是朦胧醉意，打的是满腹怨气，打的是人生的虚妄。

我把虎请进心里，对一切热爱之物虎视眈眈。

懦弱者心惊的正义，心虚者艳羡的豪情，如诗的生活，如花的爱情……

我要成为它们的王！

狮

就算走进风雨，风吹皱额头，雨把全身湿透，也雕不出一个全新的自己。

就算跳进冰天雪地，刺骨的冰麻木神经，无边的雪覆盖记忆，也堆积不成一座精神的高山。

我必须让一头天外雄狮，安居落户在我并不硕大的脑袋里！

睡狮每次醒来，我便走进自己的新时代。

如果大脑空空，就像无人居住的陈年老宅，没有烟火味和生机。那檐壁上的青苔，代表着荒凉和破败。

我已把大把的宝贵时间送给了过路者。那远去的驼铃，是拉不回的梦境。前路上，还有多少光怪陆离的陷阱和五光十色的泡影？

那疯狂争夺话语权的聚餐，那往脸上拼命涂抹脂粉的聚会……依然敞开着一扇扇诱惑的大门，还裂开笑的漩涡！

我必须把心缩紧，把脑门上锁，守住自己用思想喂养的狮子——它静如闲竹，动如脱兔，一招制敌！如果没有敌人，就在亲友面前一鸣惊人。

流水和朝露都会消隐，我必须做自身灵魂的狮子！还要对自己狠点、再狠点，在黑夜于白天降临时，不妨做个魔王！

就像遇见不可避免的凶险，雄狮只一声吼、两下撕咬，就一股脑儿吃掉了幼狮！

鸡

如果允许比较和想象，那么就可以说——

鸡是天上的鸟，鸟是地上的鸡！

立于天地之间的树枝，鸟和鸡共同栖息。

从天上落在地上的雨，鸡和鸟一起回避。

当鸡打盹了，鸟也将入梦。

当黑夜消隐，黎明将临，雄鸡啼，百鸟鸣。

庭院中，常有鸡展翅欲飞向天；树林里，不时有鸟翕翅落在地。

当一群小鸡在榕树下觅食，一群鸟就在半空中的悬崖上嬉戏……

难道鸡和鸟，同母同源，只是按天的旨意分别生活在地和天？！

低首看看熟悉的鸡，又抬头瞧瞧陌生的鸟——

我相信：人间可入天，天上有人间。

（刊发《湛江日报·百花副刊》，2023年11月29日）

鸭

如果水是爱情必不可少的温床，那么鸭便是赢得情爱的天然高手。在爱的碧波中、情的浪花里，它自由翻腾嬉戏。

如果幽默是生活必不可少的土壤，那么唐老鸭便是成功的范例。它让成人高看一眼，也让孩子喜欢亲近。它虽从异域而来，但立在哪里，哪里就有笑声。这该让多少整日紧张忙碌的人，在对比中惊呼：原来自己呆若木鸡！

鸭、鸭、鸭，呀、呀、呀！该怎么形容你，拿什么来比喻你？

古人没有为你留下一篇经典诗文，今人又在忙着把你当作美味烹饪。你夹在鸡和鹅之间，你被排在家禽选美的排行榜之外。你水陆两栖，可水域和陆地的史册里，均未留下你动人的事迹。

你偶被寻找爱情的人想起，偶被想起幽默的人提及……

提笔写你，我又想起在当年的小山村，母亲让我用一枚白壳鸭蛋去换一袋盐。我双手握紧，迟迟不肯给售货员。

因为，它像极了邻家扎羊角辫的小丫的脸！

（刊发《湛江日报·百花副刊》，2023年11月29日）

鹅

是骆宾王幸遇鹅，还是鹅幸遇骆宾王？

骆宾王七岁时的诗作《咏鹅》，千年来歌声不绝。

鹅的声响美、线条美、色彩美、动态美，尽在一首五言古诗中，还有什么动物的美，不能高度浓缩？！

如今在城市公园，在乡村池塘，看到的鹅，还是不是初唐时诗人与儿童眼中的鹅？

鹅的形象一直未变过，水也一直还是人间的水，只是读《咏鹅》诗的人随时间之水一代代流过！

有什么是不变色、不腐朽的？是诗人的灵魂，是灵魂里流出的诗作，是诗作辉映中发光发亮的鹅！

哪怕翻遍史册，也不见鹅的雕塑。相比鸡和牛马羊，在大小都市里几乎见不到鹅石雕木雕玉雕，但鹅之金雕早已矗立人们心窝。

骆宾王只为鹅写一首诗，鹅就能传诵万世。家养、野放的家禽家畜们都已睁大了渴望的眼睛，城乡比比皆是的诗人们，该怎样描绘它们，写下传世之作？

写不出，不如做一只鹅，等骆宾王再世！抑或，化作鸡鸭狗、牛马羊……再等其他的神笔意外飞来！

（刊发《湛江日报·百花副刊》，2023年11月29日）

鹤

你单腿独立在田洋间，天地为你宁静下来，就像夜之水过滤一切喧嚣。

你展翅，衔着夕阳飞向西天，却把人的思绪引向旭日初升的东方。

你活在仙境里，活在尘世中，一样地仙风道骨。

你在不断前行的传统里，你在有禅意流水的山水画中，你在人们水草茂美的心田……

你并不如风时时出现，你如隐士隐入阡陌和人潮。

更多时候在树林的绿云之上，在白云装帧的高处，向仰望天空、凝视内心的单纯者，展示你那惊艳绝伦、令时间静止的舞蹈！

仰望神州广阔家园，俯瞰发亮发光的苍茫大地，青山、绿水、乡愁都在不断生长。

松鹤延年，就不只是贴在农家厅堂。它也不再只是个祈愿，而是正在发生的美妙事实。

我为此庆幸，更多凡俗的眼睛，越过水洗的世界之窗，看到在城市枝头自由翻飞、栖落的你！

（刊发《湛江日报·百花副刊》，2023年11月29日）

凤

我居住海口凤翔东路，日日奔忙，如凤向东飞翔……东边是南渡江。

我跟日子摩擦，跟时间较劲，我阻挡不了日和夜的自然翻卷，只能看它们如落叶不断地向身后飘零。

我跟意志比拳，跟精神打赌，我奋勇前行去攀摘峰顶的云朵、悬崖上的鲜花，汗珠和雨点总是如箭，纷纷射落在荆棘挡道的眼前。

我忽略岁月，我迷恋爱情。

我不惧深渊，我相信传奇。

在无数个梦里，我的心已告诉世人，我是凤，一只神鸟，可以飞越千山万壑，抵达光明深处。

而且，我是雄性，除了风除了雨，朝日月星辰飞翔中，还有凰正在风雨之中等着我!

蚕

一句诗"春蚕到死丝方尽",奠定了蚕的形象。

此后,再多的诗文,也改变不了蚕的象征寓意。

从农村到城市,从少年到中年,我始终把蚕当神虫,它不时隐现在个人历史的深处。

时光一茬一茬从西窗移走,东来的风补给的是清新的空气。说人和蚕有相似的人生,我越来越看重蚕化茧为蛾的那段舞剧。

茧是禅修的庙宇,蛾是得道的神仙。

茧是肉身,蛾是灵魂。最终完成的是有翅膀的自由飞行。

就像一个人退休,退出江湖,或退出人世,功过都是身后事。好丝坏丝,可织绸缎还是做普通衣裳,不是蚕说了算的!

世间自有无形之手,天堂也有掌管命运之神。

把丝吐完,把热散尽,是蚕的使命和自豪。再生为蛾,或许是它追寻的终极目标。

每一个黑夜过去,每一个清晨走来。我都像蚕,化茧为蛾，怀揣一份惊喜，小心地扑棱翅膀。

凡心，需要荫凉；就像蛾，不需要——火！

猫

美若天仙的公主，抖落轻纱，斜倚床榻，小花猫便趴伏在她脚边，假寐，享受无尽的温柔。

那如虎生威的男子汉们，艳羡猫咪，他们多想躺在公主身边，哪怕长睡不起！

猫，其实并不嫉妒虎，它有不少超过虎的优势。

猫属于家，属于浓情与厚爱。就算有贼鼠，需要它战斗，那也只是在家的疆场征战一番。

但是，真正的男儿，志在四方，宁作旷野虎不当家里猫。在风雨中仰天嘶吼，那种酣畅淋漓的快感与幸福，远远超过在灯火如豆的家里尖叫。

猫，也并不和虎比勇，就像女不和男比美。就算你说它是小资，那也是一种生活的选择，无可厚非。

猫幽幽的蓝眼睛，像海一样深邃。它看见画中的猛虎咆哮下山，也瞥见动物园里虎困笼舍无奈地踱步摇尾……

它期望，如虎的人保留血性，也借鉴猫族的一点温情。

鹰

看到你，就看到与生俱来的勇气、力量和自豪，仿佛希望就在眼前。

看不到你，蔚蓝的天空就变得苍白，苍白的天空会变得灰暗，灰暗天空下的人和物，会惊慌不安。

如果说天地之间有神灵，神的线就系在你雄健的翅翼上，灵的光就藏在你锐利的眼睛里。天高任鸟飞，可有多少鸟可飞到你的高度？高山自以为站在河流之上，可是在你的俯瞰之中，高山也只是随风抖动的小泥丸！雷雨自认为可用闪电和雨幕封锁人间，阻挡一切飞行，可哪里知道，你已翱翔在云层之上，把无边的雷枪雨箭看成了一排烟幕弹……

你是高傲的风，并不凌驾一切，也不风卷残云。你有冷峻的一面，更多是对自由的神往，还有坚持自我历练的方向……

你堪称鸟中之王，只选择蓝天为伴，不屑于与接近地面的众多鸟雀争食、争舞、争宠！

懂你的人都会仰望、寻找，祈愿在内心虚弱的时候，你霍然闪现，拉动心底最敏感的一根弦，奏响迎战风云之歌。

看你，钢铁双翅展开，如同撑开一片新世纪的寰宇；再看你，利勾双爪腾空，仿佛划开两道闪电，让江河翻涌、奔腾不息。

哪怕在黑暗的夜里，昏沉的梦里，也有你，像亘古的灯、大写的人！渴望与你如影随形，生死与共。

日里夜里、梦里梦外，静静与你对视，可让尘世间所有的懦弱、无助、绝望，全部退缩……一直退缩到远逝的烟尘之中、封存的历史背后。

熊

熊孩子、熊大、熊二、熊猫……都是熊之家族的骄傲。

8岁女儿，天天屏幕内外追逐有关熊的故事。

我在风中，追求熊胆般捕捉熊影。常常，自嘲：笨如熊，累了个熊样！

太多超出熊本意的命名，似乎扰乱生活，却又丰富生活……

在南海之滨，北极熊遥如梦中的一团雪花。

真的需要一头熊吗？就像忘记另一个自己，我时时忽略人世间所有的动物。

更不去琢磨，类似恐龙灭绝，是因火山太热烈还是冰川太凛冽？

熊是动物界的可爱代表，给人无限的联想，希望与情趣。

如果让人退回到纯粹的动物圈，我毅然选择走进熊之队，因为，内心渴求笑对生活！

狼

从山狼变天狼，该有多少风云际会的路要走？从羊变成狼，该有多少次脱胎换骨的嬗变？

狼，凶残到会吃掉同类，会把家族管理到极致。狼，又被歌咏成经典，被书写成精神！

我们需要的不是狼，而是狼的图腾。我们体内也不需要活跃着狼的细胞，而是骨肉里需要燃烧着狼的血。

当狼全部退回到山林，隐匿于天穹，任何箭也射不到时，挽弓者孤独，狼也孤独。

当羊全都变成狼，狼失去捕食的对象，狼寂寞，托载狼的大地也寂寞。

那年，青春飞扬如花，你一路快乐吟唱，自己是一匹来自北方的狼。在南海之滨的都市原野里，你遵守丛林法则，奔突、捕食、筑巢……

如今，两鬓斑白如霜，你惊觉自己依然是羊身，喜欢站在温暖的阳光下，走在和煦的清风里，含着一棵青草，平静地看潮起、浪涌。

所谓天狼与山狼，只是梦里与梦外。

羊可以是狼，狼也可以是羊。

蓦然回首，你何必还在为那些四处奔突的狼操心？

竹

把友谊当酒一样窖存，若干年后摆在桌面上分享，尝起来会更加清冽、更加芳香。

因此，我不急于说一株竹、一片竹林，那儿时的竹，那乡野风景画的竹林！

先说关于竹的记忆，竹海的心事，与竹有关的大众话题。这样一想，我仿佛化身为竹，成为竹仙子，或让竹林七贤增加一位贤弟。

竹是美的化身，应是遗落凡间的松针。它有天然的洁与纯，与生俱来的雅与真，还有仙与人都爱的清与香。

我一提笔写竹，就开始脱俗。

　　你看，居有竹，阳光洒落为金，寒舍也成宫殿；心有竹，有礼有节，顿时两袖清风。

　　儿时，无数次地穿过幽深的竹林，总是疏忽竹外盛开的三两桃花在热情地等。直到喜爱的邻家姐姐单独出走，才惊觉失去了一株可依的桃枝。

　　少时，总也掏不到林梢上的鸟窝。竹林里的仰望，看不到云拂蓝天的辽阔。直到离开，才知道忘记了与竹林那一边偷看过来的邻村妹妹道别。如果竹林里的风有记忆，记忆里有憧憬的喜悦，也有失落的忧伤……

　　何时重返那片竹林，捡拾儿时、少时的踪迹，尤其是那些轻易就错过的甜蜜情丝！回首中，竹影扶疏处，躺过醉竹人。故乡的竹林，只存留友情，没有爱情……

　　（刊发《中国绿色时报·副刊"生态文化"版》，2023年9月5日）

花（一）

　　一笑泯恩仇，一花一世界。花和笑是孪生姐妹，笑是人间最美的花，花是环宇最美的笑。

　　笑无处不在，花更是无处不有。

　　白云是天空的花朵，在风中悠悠，在岁月的河畔，染朝霞浴夕辉，如灵入神。礁石是大海的花朵，与浪相依相伴，在时间的岸边，迎目光送背影，似禅入定。

　　如果太阳在心中，太阳就是心之花；如果月亮落眼底，月亮就是目之花；如果星星入梦境，星星就是梦之花。

　　无论多么宏大的事物，都可成为你擎在手心的花；无论多么细微的物事，同样可成为你揽入胸怀的花。

　　你看，海滩上的细蟹已在洞口把碎沙摆成花，蜘蛛在草叶之间已把散网织成花，微尘在阳光和目光互衬中已自然晕染成花……

　　连那林间尽头，不知名的花此时成叶，彼时叶又成花——就像梦可成为现实，现实亦可为梦。

　　花有千姿百态，人人爱花，同时花影也引人垂爱。

　　原来，万物有灵，万物均可为花。花不仅是凡间的微笑，还是神灵的母亲！

　　（刊发安徽《亳州晚报·涡河副刊》，2019年9月11日）

花（二）

　　花是爱之因，也是情之果。爱萌芽时，心花开始开放，情成熟时，鲜花已被揽入胸怀。

在天空眼里，花属于大地，花亲友众多，五颜六色就是大地的面容；在大地眼中，花属于天空，白云就是奇葩，它就是天空的灵性。

在我眼里，花属于爱情，花随着相爱人的生命鲜活或枯萎。

无论怎样给自然之花赋予情感，最生动的莫过于女人花。

女人花，是男人征服世界的动力。女人花不仅活在男人的眼睛里，也活在他们的梦中！

女人花摇曳多姿，让男人们总以为更美的是下一朵。总在下意识地估算，一生该采撷多少，才能成为爱的传说，才能让情的世界圆满。

你笑靥如花，你是我今生唯一的一朵！

（刊发《松原日报·副刊"读书周刊"版》，2024年1月3日）

草

人类的历史长河中，常有进入某个盛事的时间，那场盛事便是参天大树。回望厚厚的史册，那些大树已蔚为森林奇

观。

　　而小草，褒为点缀大地的坚强，贬为独立墙头的脆弱，没有与宏大事物沾过亲，也没有特定的时间值得庆贺，在岁月风雨中，自然荣枯，生生灭灭，死而轮回。

　　如果天生为草的命运，却有矢志为树的理想，该要付出多少艰辛，洒下多少辛劳的汗水，才有一鸣惊人的一天！

　　你感叹的是草的自甘堕落，不求上进，我感动的是草的自求突破，不断超越。自然的草，内心的草，我们说的是不一样的草，它们代表不同的春天，有着不同的精气神，也有着完全不同的生命力。

　　就像烂尾草和灵芝草，站在不同的高度，盛载着不同的水珠，闪着不同的光泽。

　　真的生如草芥，在滚滚红尘中，能否心安理得？阳光一样普照你身上，雨露甚至在你心田停留得更久，还有蝴蝶的翅膀也从你的地平线掠过！

　　生如草芥，不必责怪。如果能躲过一场大火，逃过再次被践踏，在夜晚就算月如犁铧风如刀，也无法把你伤害！

　　鲁迅已过世多年了，《野草》依然存活着、繁茂着，给你无声的赞美和欢呼。

　　听我说，你的明天可以成为温暖的蓑衣，还可成为温情的鸟窝……

　　你点头，你站立，你被我眼光拉长的影子，俨然已成为一棵枝繁叶茂的大树！

　　　　　　　　　　（刊发《散文诗·青年版》，2019年第11期）

树

坐在树荫下乘凉、遐想，跑在树根上打闹、嬉戏，你是避阳遮风挡雨的天然屏障，也是孩子喜爱的乐园。

如果是小狗，还要在你的草地上撒娇打滚；如果是蚂蚁，在晴日还要攀爬到你的头顶眺望……

你在哪里都可生长，在悬崖、在荒漠，在淤泥、在浅海，不择天时和地利，也没有不满和怨言，如野牛顺从大自然之家的安排。

你在朝霞和夕晖中，呈现伟岸的剪影，像一座巍然屹立的大山。

单棵大树，你像一个父亲；多棵大树，你们是一群父亲。

树是父亲的雕塑，父亲是树的影像。以树为背景的人，就像在父辈的目光中远行，越走脚步越稳健！

看着父亲，我想到大树无声做出的种种榜样。看到大树，我想起父亲给予的源源不尽的力量。

有一天，心中的大树会轰然倒下，我的世界会不会突然倾斜？害怕这一天的到来，而这一天迟早要到来！

这就是我不敢直视门前大树的原因。

每当秋风起，我只是默默收集树下的落叶，就像收存年迈父亲的只言片语。

（刊发《亳州晚报·涡河副刊》，2019年9月11日）

（刊发《湛江日报·百花副刊》，2023年10月31日）

松

无论是被大雪所压的青松，还是咬定悬崖的不倒松，都已走不出古诗对你的定位，甩不开诗人抛给你的紧箍咒般的花环。

你昂扬向上、不屈不挠的精气神，可以泣天地、镇鬼神地穿越古今，还将走向遥远的未来，见证星球的际会！

你是树中勇士、林中好汉，就算是谁也夺不走你的桂冠，就算遇到持斧的人也撼不动你的基石。

只是，有一幅画，颠覆了我惯常的思维：一株苍老之松的躯干如女子秀美的身体，那蓬起的散枝似女子飘散的长发。发在风中劲舞，身在路边吟唱。

这多像怀抱美人的英雄，也似只要美人不要江山的君王！

难道你钢筋铁骨里流淌着女性的河？难道你诞生于母系

社会？你一直存留的柔情不为常人所懂。

我想借此画还原你一棵松的形象：侠骨柔情、刚柔并济，你有猎猎狂风中更显本色的刚强，也有流下松脂之泪结成琥珀的柔弱。只是，这唯美的柔、轻巧的弱，不轻易示人，只藏在午夜的梦后，供洒进林中的星光月光品读！

如果再碰到问严师去了何方的诗人，我要做那松下的童子——

在日日与你相伴的成长中，感受你阳中有阴的秉性、你直中有弯的韧劲，汲取你收藏于心的天地精华、雄中含雌的灵气！

松，你不仅仅是一面旗帜，你有立于山水中讲不完的内涵故事。

（刊发《散文诗·青年版》，2019年第11期）

梅

你为何要选择严寒独自开？

是受到太多的不公、委屈、折磨与伤害，偏要在冷酷的环境中，绽放出灵魂自我拯救的热烈？

人间正道是沧桑，沧桑需要美丽展。

春花夏花秋花，一个个幸运降生，享受了人们的掌声与赞美。

冰雪布置了一个晶莹的世界，预示着真实的花已被天地封存，将由雪花、纸花、塑料花装饰窗棂。

你的出现，是个异数，是冬天惊奇的嘴巴。你又如同凛冽的风吹过沉默了一年的枝头而不经意间吹出的一团团火。

叶已落尽，毫无遮掩。读你钢枝铁茎，品你如心展露的蕊，我禁不住要涌出热泪！

在亲情爱情友情之外，没有多少人有太多的时间来抚慰。苦和痛也许无须诉说。心受伤流出的血和汗，要学会吞咽和倒灌。人生之酒也需自酿。

你绽放的正是血红、汗香、酒意！明晃晃的冬，活生生的你！

梅，轻轻地唤一声你的乳名，身旁山坡上就有一团雪落下，屋檐上悬挂的冰凌也开始融化。

你走了多少路，受了多少累……屈辱和不幸都已成为过去。你的绽放，是向人间证明，被忽视的事物所蕴藏的巨大力量。

最冷的时候也有温暖人心的花朵，你又不仅仅是一朵花，你是另一种对精彩的诠释、是另一类对奋争的宣示，更是一种纯净的启迪和感悟，面向所有不慎走进冬季酷寒的人！

（刊发《中国绿色时报·副刊"生态文化"版》，2023年9月5日）

莲

从春到冬，吸引了多少眼睛，耗费了多少笔墨，寄托了多少情思……

从花到叶、到籽、到藕，莲一直与人亲热着，人一直与莲牵挂着，莲和人彼此成为形与影、动与静、肉体和灵魂。

荷田流水，荷尖蜻蜓。与莲相连之物，就算细微如荷叶上一滴露珠，无不生动传神，也一律变身纯洁、美好，就像自然的熏陶，心灵的观照，微尘在朝阳中闪光。

走进莲的世界，便如春阳、夏雨、秋风、冬雪，倍受大地青睐，哪怕大俗也成大雅之人，如神在风中降临。

画莲者，画出生命的澄明；赏莲者，赏出风雨不变的本色；爱莲者，内心发誓争做如莲之人。

荷叶田田，莲花朵朵，藕香阵阵。纷争远逝，岁月静好，人间天堂。

莲，自古教化人类的书，未来水域依然美妙的预言。

我融入人群而不遁世，你努力奋争而不懈怠，他书海泛舟而不迟疑，你我他日日禅思修炼。

回望故乡那一片荷塘，仿佛闻到童年的荷香。从小到老，从生到死，原来我们是在炼一莲之心！

（刊发《北海日报·廉州湾副刊》，2020年5月22日）

菊

南方的天，比想象中的蓝。蓝宝石照拂下的菊，不仅仅只有黄。

不知何处飞来的一片菊，淡黄、大红、乳白、深紫……如星星洒落路边，如笑脸般灿然绽放。

一湖碧水倒映着蓝天。天地借水相依相恋。环湖绿树竟然是天地恋人的项链，而岸上的菊锦，却是他们浪漫的飘带，在阳光下闪着迷人的七彩。

曾以为，只有秋日见菊，没料到菊也演绎热烈的夏；一直在想，战地才有菊花黄，哪知道，安宁日子中朵朵菊花也像情人眼睛一样亮……

邂逅格桑菊，在海岛这个平常的午后，我看到凡俗中的仙境，明白生活的世界，从来都不是原本的模样。

（刊发《中国绿色时报·副刊"生态文化"版》，2023年9月5日）

第 三 辑

生活圈

爱是永恒的呼唤，但愿逆旅行人，都
能从容不迫，走过悲欢和生死之门。

生

　　生，最自然、最隆重的仪式，是哭。新生儿的啼哭，是对自己灵魂的呐喊，对生命的赞歌——宣告勇敢入世。

　　生若逢时，日月有别样光辉，天地别具情境，花草都是仙人的尤物。

　　生没有高低贵贱之分，只有环境和位置不同。但生命的延续出现优劣，有的高贵如天使，有的脏污如垃圾。

　　生不仅如夏花之灿烂，还有夏雨之热烈，秋荷之静美，冬雪之纯洁，春花之浪漫。

　　生是抛物线的起点，最美妙的是过程，终点对应的是死。死的句号也是哭，只是没有生之哭嘹亮、喜悦，而是亲人的号啕大哭，友人的默然流泪，还有人把泪和血一起长留心底。

　　说生死两茫茫，是文人的误解，是一时不解生活的托词。诗人说，生是灿烂朝阳，死是冷寂月亮，生死都属于天上物事，有耀眼光芒。

　　生的伟大，用成就说话。死的光荣，由正义发声。

　　有情人花前月下，弄花吟月，托物抒情——我为你而生。

　　不幸者沉浮人世，不是连遭厄运，就是沉沦冤狱——叹生不如死。

命运多舛者几度风雨，时而孤舟海上，时而火海重生。

……生的形态千姿万种，生的滋味百味杂陈。然而，都可当生的鲜花欣赏，当生的美酒品尝。

我感恩父母给我生的机会，致敬人间给我生的权利，跪谢天地给我生的营养……

我为每一个生命鼓掌、欢呼，直到忘却自己的生与死！

死

死如天黑，死如灯灭，死如蜡炬成灰，死如佛归西天。

生已定时，人们仍不断追寻新生之路。死未相约，它却必定到来，没有什么力量可以阻挡。

其实，生也是为死在奔忙，不妨把死看作是前进的方向，一个既定的目标，一种坚定的理想，一次华丽的等待。死得雄壮、成功、自然、诗意，从而与生相匹配、相协调、相辉映。

生是一场生命的胜利，死也应是一次人生的盛宴。

为真理而英勇就义者，身已融入真理之光。

为民族而凛然献身者，心已铸进民族之魂。

死要见到九州同，死亦为鬼雄；从容赴死，死得坦然；

死有所值，死有内涵……历史至今，诸多英雄豪杰、人民公仆已做了生动诠释。而贪生怕死者，枉法苟活者，如跳梁小丑，已被钉在了人类长河的耻辱柱上。

生是死的起源，死是生的挽歌。

读懂死的百科书，可让生变得更美好。

倾听死的教义，可减少生的遗憾。

当我要复归尘土时，最后看天空一眼，夕阳正好给我披上梦的衣裳。

命

在哭声中降生，在哭声中死去。

降生时自己哭，死去时别人哭。自己和别人，都是哭的工具，情的载体。

同样是泪水，生时奔涌着喜悦，死时流淌着悲伤。生和死，是泪水的调和剂，是冷和暖的转换器。

未生时，不知在何时何地生；未死时，也不知在何时何地死。身和命属于自己，生和死不能自主！

在由生走向死的旅程中，有时为自己笑为别人哭，有时被别人笑为自己哭，在哭笑之间逐渐明白，生和死都是大事，都是喧嚣之花，值得自己和别人珍藏与纪念。

生可以看作死的坟墓，死也可作为生的摇篮。其实，无须哭与笑的提示，生死完全可以混作一谈。

生死瞬间，都像平常日子，可以越看越淡……

若说生死成谜，那是史家无奈痛哭后开的玩笑！

（刊发《儋州文苑》，2022年第1期总第459期）

门

生，是步入光明之门；死，是走进黑暗之门。

光明之门里，也有黑暗时刻；黑暗之门中，也有光明的启示。

门外风雨多，门里乾坤大。年少时一心要逃出家门沐风雨，年老时总想跑进家门守乾坤。

爱情之门为谁开？有人闯进迷魂阵，找不到回家的路和门；有人等待一扇不开启的门，不知道门里藏着怎样的春心和表情，留下一生嗟叹，终让泪水模糊蓝天！

祸福相依，难道祸福同门？福有双至，祸不单行，难道福祸各有其门？

芝麻开门，来的是财富，走的是光阴。美人倚门，秀的是风情，留的是真情！

她嫁入豪门，珠宝当玩具；你遁入柴门，星月作酒具；我欲进寺门，憾无莲花当坐具。

要上天入地，有门；想时光倒回，没门。想留住记忆，可守门；要找回自己，重开门。

古往今来，大千世界，生死轮回，浮华如梦，机关重重，门道多多。

然而，天门只有狂风吹，龙门却有鲤鱼跳。心门无锁，却无几人能开！

桌

当年同桌的你，成为同桌生活的伴侣。这如人生一盘棋，无意中下出了美妙的一着！

更多的场景，是桌面上杯来杯去，桌下面以脚相碰传暗语。到最后，桌上杯盘狼藉，桌下如黑洞般空空。

摊在桌上的谈判，像冷若冰霜的脸。桌子背后的交谈，展露人间四月芳菲天。

当年都市漂泊的我，期望有一屋、有一桌，可供心灵如鸟翼栖落。如今，常想逃离圆顶戳到天空的屋子、长如水库大坝的桌，做一个如风如云般的自己。原来，路边小树也可作屋子，一块黑石头也可当桌伏案写传奇。

缘定时，桌上的红烛闪着喜悦的光。桌，成为船，从此载起一家人的悠悠生活。

分手时，桌上的一纸协议如刀片，仿佛一触碰就流血就生痛。桌，变成冰冷刺骨的雪山，从此将彼此的情感阻隔。

桌，有形、无形的展台，展出商谈的无奈、战争的残酷、咖啡与美酒相碰的精彩……

天堂，是否有桌可供写下欢迎辞？地狱，是否有桌可让写好判决词？

没有谁的一生，不与一张桌子深度融合地谈过恋爱！

午夜奢想：抽出学生时代桌上的"三八线"，制成金色年华般的裤腰带——

系在腰上的，是忐忑不安的心，更是一份含羞而莫名的情！

窗（一）

坚固的房子，呼啸的火车，都需要眼睛一样的窗。窗既看天堂，也看地狱。

把闪电当作窗，洞开的是狂风暴雨。把河流当作窗，流淌的是青山的倒影。把心当作窗，拓印的是记忆的珍珠。

自始至终，从生到死，人都活在或明或暗的窗里，人间其实只有世界之窗这四个字充满魅力。

是否能看到人生美妙的底色，需要妥善的选择。智慧在虚无之处，开实有之窗。

你有窗，缺少的是明月照拂的诗意。他无窗，过的是囚徒般幽暗的生活。

在明媚的阳光前，我们有时会忘记窗的存在，就像芬芳的桃李，在成熟的季节，往往忽略了播种者。

用什么来记录窗的历史？年说，一个个日子就是窗，如同镜子照见自己，永不泯灭。

我爱的人，便是明亮的窗，比房子更有神，比火车更动人。所谓闪电、河流与心，都只是窗的见证者。

就算活在地狱，通过爱之窗，也能看到天堂。

（刊发《星星·散文诗》，2019年第8期）

窗（二）

对于鱼儿来说，窗是换气吐泡泡的水管；对于虫子来说，窗是让清风拂面的栈道……

窗，不仅仅是长方形、圆形、方形，石质、木质、铁质……它可根据享用者的需求，呈现任何形状、色彩和气息。

窗主要服务于眼睛，所以眼睛也被说成心灵之窗。

窗，本身是风景，透过窗的眼睛，可见风景中的风景。风景一旦有了装饰的效果，如同盛宴有了仪式，种种奇妙自然发生。

昨日窗外的痛，结成今日窗内的痂；今日窗内的痂，开出明日窗外的花。

窗是房子的心，温暖住在房子里的人和思念房子的人，也牵引走出房子的人和正走回房子的人！

家是港湾，窗是船。当你在船头眺望时，远在天边你看不见的神，已看到你浓缩在窗口这个舞台演绎的一生。

（刊发《北海日报·廉州湾副刊》，2020年5月22日）

家

　　家是一座桥，由两双手搭建。情感是基础，心血成铺桥石。

　　在桥上遥望风景，看风景的人和被看到的人，凝就的都是幸福的影像。

　　栉风沐雨，这座桥是越发古朴迷人，还是锈成危桥，全在于两颗心的融合程度。

　　如果守住初心，桥身时间的裂纹会被温暖的阳光缝补；倘若两心背离，桥体岁月的裂缝会被刺骨的寒风拉大。

　　新增家人，就像桥体添了稳固桥栏，令人欣喜无比；失去家人，就像变成残桥、断桥，令人忧伤不已。

　　在桥上驾车行使，有时关掉远光灯，更能照亮回家的路；在家里交流说话，有时放低声音，更能让亲人听到你的心声。

　　如果孩子是王，家围着孩子转，就会经历震荡和磨难，就像桥遭遇洪水的冲刷与考验。如果老人是轴，家以老人为核心，就会常有轻言细语润心田，就像桥迎来春风化雨杨柳依依。

　　（刊发《松原日报·副刊"读书周刊"版》，2024年1月3日）

村

一

村，是城里人慰藉心灵的一剂草药。随便在村里走一走，就像是天堂游。

村，也是城里人活命的布衣口袋。那金黄的稻田，翻卷的麦浪，不仅仅是迷人的风景，还是成熟的粮仓。

有村，才有怀旧，才有乡愁。村，是农家人和城里人共有的根。

村属于现实，也属于梦幻。它还是一道适宜男女老少的人文大餐。

二

当你站在村口，蜂蝶朝你旋舞，把你当作熟悉的花朵；

猫狗朝你摇尾，把你当作陌生的主人；这才叫作和谐，人与自然、人与动物是一家人！

虽然你的衣领贴着城市的标签，但你心里流淌着乡村的血。村外的塔也为你矗立，村头的果子你也可以随手摘吃。

但那小树丫的鸟窝你不能戳，顽劣的孩子也已读书长大了；那公路边池塘里的荷花你不能采，它依然要诠释出淤泥而不染的含义。

村属于历史，也属于未来。它还是一首常谱常新的生态之歌。

三

村的风光看不够，劳作的村人很耐读。

你用城里人的眼光审视村，收获的不会很多；你用人的眼睛来看它，将成为精神富翁。

村，为城活着，更为自己活着。在一定意义上，城是村的附赠品、延伸物。

白天，四季都有春联的院门打开，驶出了崭新的汽车。晚上，宽大院落的果树旁，老农持手机给远在天边的儿女打电话。电话占线没有接，老农就对天空上的星月说了一通，自己开怀笑了一阵，仿佛已把整个乡村夜色痛饮。

村属于个人，也属于人类。它还是一个贮藏情感世界的窗口。

刊发《湛江日报·百花副刊》，2023年10月31日 ）

城

城，是文化筑就，还是金钱垒成？城，是人的牢笼，还是精神的牧场？

城，只有花圃说话，只用车流传声，只用高楼迎风作答！

万家灯火，眨出一片浪漫和温情。若有流浪者，抬脚，就刺痛城的眼睛。

道路纵横，织就通达的信息网和交融的情感世界。若有失眠者，翻身，就触痛城的神经。

城，是一本不断更新的史书，有说不完的话题，写不尽的故事。

城，是一部时时创新的交响乐，偶有等待剔除的杂音，需要再次排练的激情。

城，是一个胸怀宽广的大家庭，包容性格与长相不同的儿女，让他们演绎各自精彩的人生。

在城里打拼的人，把城看作一艘航船，自己是站立船头的水手。

在城里追寻爱情的人，把城看成一座花园，自信拥有一双采摘玫瑰的手。

在城里养生养老的人，把城看作一个鸟窝，自己挥动把朝霞送给夕阳如翅膀般的手。

斑马线上，旋起脚的舞蹈；会场上，举起手的森林……人多成城，众志成城，城是人的修身殿，人是城的炼心场。

古代之城，打有战争烙印。今日之城，配挂生活胸饰。城头回望，是历史的沧桑；城道怀想，是未来在牵引方向。

你可走进他人之城的怀抱，触摸它的脉搏，亲吻它的心跳。

你也可拥有自己的城，打造铜墙铁壁，招募生死与共的人。

（刊发《昌江文艺》，2019年冬季号）

（刊发《松原日报·副刊"读书周刊"版》，2024年1月3日）

国

打开家门，春风浩荡；打开国门，春光万丈。

家门和国门相通，国门与家门相映，两者都是春之门、福之门。

你若问我，祖国对我意味着什么，那就是在问，春对我的意义——它是绿色、是生命，是我生命的出发点，也是最终心要回归的原点。

你若问我，有多么热爱祖国，那就是问我，多么挚爱自己的家——它是港湾、是温暖，是我人生的栖息地，也是我未来无论多么落魄或荣耀时，也梦想时时捧在手心的宝。

人是家的孩子，家是国的孩子。人与家与国血脉相连，国与家与人心气相通。

家人牵手，拥抱，诉说心声，传递温情，相互呵护，彼此珍惜，一起走在明媚阳光的春之大道上！

爱国、爱家、爱人，春光在脸上，春意在心底。对于每个人来说，春，永远是家和国的季节，国和家的底色。

孩子是春天的花朵，也是祖国的希望。家是祖国的心房，也是春天的宫殿。

国之强，在于家之刚。家立于风雨而不倒，国之航船劈波斩浪……

祖国便是神，我全身心爱着您！——这就是我在春天背起行囊，走出家门，面对天地，许下的庄严承诺！

（刊发《国防时报》副刊，2022年10月25日）

球

你吼，就算拉响一只手雷，拟或引爆一颗原子弹……

你以为弄出了很大的动静，动作处，的确有草木损毁，连一片天空也露出目瞪口呆的表情！

可对于庞大的地球来说，只刮擦它一点皮毛，就像伤了孙悟空的一根毫毛，未能牵动它的神经，震撼它的灵魂。

所以，每当遇到冷酷无比的人、冷若冰霜的人、冷漠无情的人，我都不由得想到心胸巨大的地球，想到地球的类似物！

我心里依然燃着火，本想学你吼，或和你一起吼，结果就改成了歌唱，甚至变成低吟……

经历一些事，穿过一些人的身影，我习惯了把勇敢和懦弱一起交付风。

梦醒后，重新站在地球上，力图为一棵树，倒下为一粒尘，我的别名叫：与世无争。

（刊发《儋州文苑》，2022年第1期总第459期）

福

钟鼓震耳，如赴战场，夜半醒来，疾风骤雨，这便是福。

福是梦变成现实，现实成为梦，是梦与现实交融，演变出春天笑容般的花朵。

从无福到有福，从单福到双福，从独福到百福，福的祖宗和子孙兴旺。福是高山，福如东海。

福是真实的存在，梦是另一种真实。

梦让人如痴如醉，福催人昂扬奋斗，当幸福来敲门，还恍若梦中响起了门铃。

你为幸福而歌唱，我为好梦而击掌。我逐梦走进理想，你把幸福炼出蜜糖。相逢的路上，我们把心捧出，供世人分享。

天空是神灵，以阳光和雨露，为大地送福利；祖国是母亲，以鲜花与食粮，为众生谋福祉。

我是梦，你是现实。在清晨，我以一丝沾着花香的风，在你床畔，把福气输送给你。

人生百年，你抹去黑色记忆，摒弃夜的繁复，每一天平安轻松醒来，看到最鲜活的世界！

（刊发《国防时报》副刊，2022年10月15日）

（刊发《西安日报·西岳副刊》，2024年1月25日）

禄

喜阴天还是晴日，爱彩色还是灰色，想俸禄还是自由职业？

晴久易躁，阴沉易忧；彩也褪色，灰亦单调；俸禄被圈定，危险伴自由！

禄，是古代闪闪发光的字，不仅与福气、福运牵手，还跟俸给、赏赐结缘。

唐宋赏赐的禄料，《红楼梦》讥赐的禄蠹，都如禄位、爵禄等，消隐入历史的云烟。

那善辨声、明是非的异兽，那讲究气运的禄气，事关天寿的禄相，决定盛衰的禄命……还依然存活在烟火人间。

如今，在民间，禄已成一种心愿，一种祈福。

让庄稼丰收，让空气和水更清洁……成为世人共享的禄利。

若说禄如太师椅，就有禄命者就座，禄饵有人提供，禄荫有神赐予。

不想提及这些远去的梦幻事物，只想给你一个提醒：不要沉溺于禄的天空，给心灵一个可远足的假期。

（刊发《西安日报·西岳副刊》，2024年1月25日）

寿

你害怕短来攀亲，你渴望与长联姻。

书法家只写一个寿字，表明你与长已联姻成功。

寿比南山不老松，松不老，南山却在不断变换，因为每个人遥望的南山所在地各异，风景也不同。

对于将老的人，你尤其重要；对于故去的人，你不是轻若鸿毛，而是已灰飞烟灭。

你若与星坐在一起，你在家庭中或人群里，就会成为座上宾，如月揽众星，如猴王回归花果山。

人类对你的兴趣，几乎大于天和地。自有人以来，就开始叨念你、琢磨你、研究你。

历史上，多个皇帝炼丹，众多名士和平民许愿，日夜都期望与你多沾边。

当有一天，人成为不死者，你在人世也就失去了存在的意义。那时，就是你的死期。

但这一天也许永远不会到来！

我看到城乡都有人还在贴此对联：天增岁月人增寿。

你永远活在人们的愿景中，只有你，才是最长寿者。

（刊发《西安日报·西岳副刊》，2024年1月25日）

喜

生是喜，死是悲；成是喜，败是悲。人生悲喜交加。

喜由心生，常由闪亮的笑眼展现；悲也由心起，却由酸涩的眼泪散发。

心成为悲喜同床的土壤，心就是悲喜同渡的航船……

人们把悲喜寄情于山水。当山端坐成佛，当水流成不系之舟，山水已无悲喜可言。

人们把悲喜托付给天地。当天净化成空，当地夜眠成无，天地更无悲喜可期。

你为针尖走进麦芒而悲，我为心胸宽阔为海而喜，他为情之鸟从爱的天空飞过没有留下痕迹而不悲不喜。

当喜从天降，路边的石头也开花；当悲不期而遇，庭院的大树也止不住泪流。

生活是个杂味瓶，常常喜中有悲，悲中含喜。可沉溺于物的眼与心，往往看不透——喜之眼，看不穿悲之心。

可以不为物喜物悲，无法不为情悲情喜。

天知道，你喜她在身边，让郁结于心的悲，逐渐走远！

（刊发《西安日报·西岳副刊》，2024年1月25日）

烟

从幼年到少年，再到中年，如踩风火轮走过，逐渐看清了各种烟与人，懂得了烟火人间。

嘴上的烟，民居上的烟，原野上的烟，战场上的烟，旋起不同的烟之舞，它们的裙裾下燃着不同的火。

烟与雾分离，雾急于洗刷自己的清白，认证属于自然。

烟与火联姻，始终不离不弃，火先于烟诞生，却让位于烟排名在先。

烟与火在人眼里，却是同等地位，它们各有功过，有益时也有害时。

如果没有看到炊烟之美，是因为没选好角度，或者是因为没等到霞光来映照。遗憾如今，有美又有韵、有神又有益的烟，越来越稀罕。

如何从平常事物中析出普世的价值？就以火之热情扑入烟中探索吧！

可当看到，吸烟者紧皱如山的眉头，狼烟下残墙断木上凝固的深色血痂……你所能做的，或许只是发出百年才有一次的沉重叹息！

烟，原来竟与失望是同义词。幸好有烟雨，还不至于让人绝望，有烟波还让人遥想，有烟火在努力让人平静！

那年，走在情之路上，我投石问路，用烟来搭桥，结果没看到爱的历史，更不谈什么未来，所有的努力已如烟飘散，只有留下痛在记忆的心底。

这成为我此生惧怕浓烟再起的注脚！

酒

茶中问道，不如问人生；酒中看人，不如看精神。

古时，"劝君更尽一杯酒""醉卧沙场君莫笑"……今时，酒壮英雄胆，哥们感情深大碗喝酒一口闷……从古至今，酒一直是雄性高地的旗帜，穿越岁月，猎猎作响。

有眯眼的时候，学未来人把太阳当酒杯；有愣神的时刻，学过去人邀明月共进一杯酒。酒是情感的纽带，把逝者、生者、来世者牵在一起，共同感知生命。

忧愁时，把愁放进酒中晃；懦弱时，把弱放进杯中摇。

一晃一摇中，便有英雄和巨人诞生，便有雄壮的歌声震天撼地！

饮茶，饮的是悠闲与雅趣。喝酒，喝的是胆识和豪情。

总有人在最前面登上领奖台，总有人落在最后放下碗筷。而碰杯时，却是争先恐后。酒已超越尊卑与生死，已不计较速度与学识……酒是粮食中的王，情感中的帝，生命中的神。

对男人来说，有酒便有五彩人生。无茶，也可熬着过生活。最好，有酒、有茶、有女人，才是完美的世界！

成为男人，我品味了茶香，也学会了端杯。

大浪淘沙，如果不能作为饮者留其名，那么就恳求消隐人间时，能化作一杯酒，洒在李白、杜甫、苏轼的墓碑前，那将是我此生最好的诗篇！

（刊发《散文诗·青年版》，2022第7期总第580期）

（刊发《清远日报·周末版副刊》，2023年7月23日）

茶

花易谢，酒易醉，茶久香。

如果用来比作女人，花就是路遇的佳人，酒就是做梦也想见的情人，而亲密爱人则是茶。

　　时时捧着花，也会担心花落随风飘散；顿顿喝酒，一旦伤身也伤心；而日日饮茶，则养心又怡性。没有花，也不会忘记春天；欠缺酒，也会想到夏天的热烈；唯独居家茶必不可少，否则就不像过日子，就感觉没有秋天的丰收，也不知道冬天如何熬过。

　　家中有茶一壶，尤其是暖心的热茶，每饮一口，就会神清气爽。哪怕晨不见霞光，夜不见月亮，都会觉得生活有滋有味，香醇无比，悠悠如慢步天堂。

　　万物各得其所，所属天意，其实也有安排。花宜赏，却不宜采；酒可饮，不能贪杯；茶耐品，可品一生。

　　我管不了花事，也不擅长以酒论谁是英雄，我独爱茶经。

　　花是怡眼的，酒是提神的，唯茶是养心的。

　　花好看，不如酒中用；酒起火，不如茶解渴。茶是上上品，当为男人们的挚爱。

　　如果让祈愿，那就是：不要在花里眠，不要在酒里醉，只在茶香里品味生命的甘甜……

　　　　　　（刊发《散文诗·青年版》，2022第7期总第580期）

盐

如果生命里没有盐，生活将羸弱不堪。

劳动付出的汗水是咸的，收获得到的喜悦是甜的，所对应的是盐和糖的感觉。

海水晒成盐，火山石盘见证了这一过程，那细密的石孔，是一只只好奇的眼睛。

你栉风沐雨，你长途奔波，你披星戴月，你跋山涉水，你穿过了迷茫的冷雾，你躲开了冰冷的舌剑……

你来到爱的城堡，虚弱的身、摇晃的步、恍惚的眼，必然有爱的医生出现，为你把脉补一瓶温暖牌的生理盐水！

你再次醒来，世界清新如窗前雨洗过的曙光。盐的白，是蔚蓝色的大海的另一种颜色。盐的咸，是调和人间过于清淡的生活的味道。

辽阔的大海隐藏着需要用心辨认的色彩，复杂的生活需要用情之手不断地梳理。

一对情侣牵手，走出小木屋，坐在海岸的椰子树下，他们看红彤彤的落日，落日看他们青春红润的脸。

男人说："你是我生命的盐，必不可少。"

女人笑："你给我生活的糖，要一直甜。"

米

越来越多的人，见到生米煮成熟饭，却依然没看见米的前身，即稻的身影，更不知晓稻源自禾苗，禾苗收集了春天的种子和整个夏季的热烈。桌上珍肴丰富，杯盏交错，谈古论今，大小欢聚，人间宴会，如同驾祥云在天边，有谁尚记得一粒米饭里有来自泥土的清香？

米是粮食的根，米是味蕾的神，一些人却将它送上流浪的远途，不知该在何时唤它返乡、回家！

如果我们懂得土地的深情，懂得自然的心声，懂得向汗水致敬，我们就会向一粒米躬身，像对待自己的父母一样，感恩它给予我们生命！

米是精华，白酒知道。而醉酒的人，却用绯红的句子，连篇称赞那些配料，包括作陪敬酒的人，甚至云里雾里毫不相干的风……

我端详一粒米，视它为珍宝，仿佛看到它洁净透明的一生。

尽管米的外表是朴素的，没有耀眼的光芒，但我愿把它无声阐述的意义，悉心收藏。

我甚至想，在有生之年，禅定为一粒米，时时感受阳光之手的温热，乐于献身，乐于被遗忘！

药

世上从不缺药，只缺送药的人。就像月华满地，需要有人捧起月光为不幸者疗伤。

当灵魂被利益绑架，生产药的人已病得双眼模糊，双耳失聪，看不见求助的手，也听不见求生的喊。在历史的某个阶段，情与法碰出的火花，点燃不了高举的火把，无法照亮夜行者的路，只会一不小心，把路人也当成敌人，使其灼眼伤心，满脸是绝望的泪水。

必有救世主，怀着菩萨柔肠，穿越火线，泅渡苦海，在刀尖上舞蹈，在闪电中奔跑，去寻求灵丹妙药，及时为苍生解除痛苦，用光明驱逐黑夜！

人病了，用药；心病，用心药；相思病，用情药。哪怕浑水纵横流淌，也遮盖不住湛蓝的天空。总有良医，悬壶济世。

如大树会被虫蛀，社会也会生病，该用何药来医？正义、良知、情的制度、爱的法典……

你不是药神，你只是把一群人从死神身边拉开的人！你天生有神药的属性。

应三思而后行，世上的确无后悔药，但有最好的药，不仅可救命，还能救心。药名是爱心，药效是温情。

糖

狂风暴雨夜，手机上滴滴打的页面显示，附近都有车，可苦等两小时，等不到车来桥头！

无意中回首，见到背后就有一尊关公像，你默祷一番，很快竟驶来一辆"雷锋车"。

离开前，你把口袋里唯一的一粒糖果，默默地放在关公手上。

作零食的小小的一粒糖，竟然成了敬神之物。敬的不是糖，而是心！

心中涌动着海水，便会溅起苦涩的浪花；心中灌满了蜜，便会甜到骨子里。

甜的蜂蜜，不甜的米饭，从糖分上来讲，米饭含糖量远比蜂蜜多。所以，不能以是否甜，来对有无含糖做判断。

糖是神秘之物，小孩和老人莫名地喜欢。糖和盐一样，生活里不可少，生命里亦不可缺！

然而，摄取过多，又易成灾。

糖，常让人又爱又恨！

衣

天衣有缝，从缝里泄下胸前的星光，美丽了整个夜晚，也生动了婴儿熟睡的笑脸。

生活太僵，骨头太硬。肉体需要衣服的柔软，人间需要天庭赐送的柔情。

从缺衣少食，到衣不蔽体，再到华服锦衣，人类走过的历程，可以兴建一个个用时尚命名的博物馆。

当我们不再为食而愁，为衣而忧，目光变得深邃还是迟钝，思想变得活泛还是冷冰，情感变得丰富还是脆弱？

探寻何种宝藏，似乎永远都是由表及里，由外到内，由浅及深，由无到有……

无论是欢歌笑语的城市广场，还是高雅的音乐殿堂，我们执拗的眼睛，首先还是沾附在主角的衣服上。

那衣袂带风而舞，那衣角灵动泛光，似乎是激情的生命在舞，似乎是感性的肌肤在闪光……

衣食住行的生活排列中，衣依然在主座嘉宾的席位上。它在不在场，都要为它留位。

高度发达的社会，衣仍是我们敬奉的王。就算是神，缺了衣裳，也不敢在现实中想象。

没有了皇帝，远离了笑话。但你我不老的爱情，仍需要一件梦的新衣！

（刊发《太白文艺》，2024年第1期）

食

越来越多的人，把心放在天上；越来越多的诗人，不食人间烟火。

虽然，可以东边日出西边雨，但是不雨之地可感知远处雨水的清凉，下雨之地也可感触未雨之地的光亮。因为，血脉之地根连情牵。

虽然，你的诗可以尽可能地高大上，我可以不需要你输给的营养，但是我能感受到你的磁场对我心境的影响。因为，同在人间，我们需求阳光，也要防止被太阳黑子击伤。

时代似乎已不苟求，所有的牛吃下的是草挤出来的都是奶，但也没有把吃下的是奶挤出的是草捧为时尚。

民以食为天，是撼不动的大树。回报社会，当以硕果累累。

我们不再喝西北风，我们当感恩天地和父母，以及如同天地和父母一样的人。

因此，我们的心当和他人共振，让天上的白云飘下来作装饰品，我们的诗应与生活相谐，成为众人眼睛可捕捉到的光！

（刊发《太白文艺》，2024年第1期）

住

风一直居住在山尖，偶尔放牧在山脚。

雨偏爱居住在云层，田园有需要时，它才如花洒落。

神择居住在天外，人间有渴慕，它才感应降临。

汪伦住在桃花潭畔，吸引酒仙李白前往对饮，留下千古佳话。

陶渊明住在桃花源吟诗，迷住文豪苏东坡，迢迢贬途写下数百和陶诗。

父母住哪里，哪里就是真正的家。心需要找个稳妥之处，免受风雨伤害，也能找到根。

身体居尘世，探寻的目光就在人间游走，灵魂需要放在高处，以免污染世俗和尘垢，消隐了骨气与光芒。

每个人的心里，都有高山、云朵和天空，都有风雨和神灵居住。

每个人的灵魂，都有桃花潭和桃花源，不仅供自己的思想居住，还欢迎名流侠士来做客……

爱情来临时，你和玫瑰一起住进我心底。

生命的暮色覆盖时，青春和有关我的记忆，开始住进你的梦里！

（刊发《太白文艺》，2024年第1期）

行

行无踪，难道你是风？

北斗，被古今诗人当勺舀酒喝，在天地之间跑来晃去，最终还是回归到绕北极的位置。闪着自己的光，任别人想象。

从生到死，或把路，不论好坏，都走成像海岸线般蜿蜒曲折；或把歌，不论长短，都唱得荡气回肠。其实都是画了一个圆，如同往返式赛跑，从起点到终点，回到同一个点。来自尘土，归于尘土。

说风景在心里，不如说风景在路上。行的权利交给你，是闭眼走一遭，还是一路赏风光？

渐行渐远的不是船，而是思念。帆影愈小，相思越大，大如落日，在海面越滚越圆，一直滚到天际另一面。

道不同，不相谋。走阳光道还是独木桥，抑或把众人眼里的独木桥，走成个人心中的阳光道，在于行前的超凡理念和精心准备。

行走，枯萎的只是花朵，不会是脚步。

行走，你没有雨的自由，却走出了风的自豪……

（刊发《太白文艺》，2024年第1期）

帘

那时，帘厚，如盾。把雨挡在窗外，雨声细如蜂鸣，雨景如花，唯有想象。

只有推开帘的那一刻，如推开长久封闭的城门，光亮才跃进光阴的布袋，眼和心才会被瞬间擦亮，成为窗外世界竞相窥视的风景。

帘是修行的屏障，翻越它，可见江河自然奔流，日月浪漫穿行，云和雾自在缠绕草木的苍茫人间。

那一年，转身之际，看到你眉下的帘无声关闭，感到共同的时间被流水篡改，疼痛将凝为心的化石。

我必须选择远行，去寻找天边云翼下的蜗居。就算小木窗没有花相伴，也要重新设计月光和星辉相映的水帘。

如今，帘轻如纱，常被阳光荡漾，清风引唱。晨起，凭南方香木窗而望，芳草已染绿天涯。

（刊发《海口日报·阳光岛副刊》，2021年4月14日）

脚

纵情山水，用酷爱大自然的眼，痴看树，哪在意被砂子或石块硌了一下脚？

树们多坚强，裸露脸膛的枝叶，连日暴晒，依然青春碧绿，倘若人与太阳直接较劲半日，就会又倦又蔫，甚至性命难保。

如有闲，不妨拉使绊者来林中插一脚，一起解读树的秘密！

在拥挤的人潮中，奋力向前，追寻诗意的光芒，哪在乎被谁踩了一脚？在时代的洪流中，与时间赛跑，构筑理想的港湾，哪有空计较被人从后面踢了一脚或两脚？

…………

世界虽大，但有你脚步的地方，就有别人的足音。城市虽发达，有序的车流人流中，总有杂乱的脚步和心跳。

人的森林，莽莽苍苍，其实也是脚的丛林，无边无际。五颜六色的人，隐藏着各种繁杂的心绪，纵横各异的脚，踢踏出截然不同的舞蹈。

有穿红舞鞋的脚，还有赤足的脚；有幻影的脚，也有踏破铁鞋的脚……

脚是生活的领地，命运的方向。

在大脚、小脚、好脚、坏脚旋起的涡流、沼泽、荒野与风暴中，你也只管感知自己的脚，穿哪双鞋合适。

也不必只盯着鞋与脚，更需要用心行走，走出对得起自己和天地的精彩人生路！

步

看过，阳光的脚步，奔跑在大街，轻盈无声。

听过，夜雨的脚步，由远及近，叩响心壁。

如果，以一米阳光自居，如何轻移脚步，返回童年？

如果，以一滴雨珠自比，如何蹒跚脚步，走向暮年？

虫豸的脚步，堆积在沙丘，被岁月的流水荡涤抹尽。

飞鸟的脚步，无痕在天空，却在历史的注目中，放大显影。

巨人的脚步，跨过高山，越过河流，从现实踏进梦幻。

凡人的脚步，误入荒草小径，踩进污水泥潭，在梦境里也溅出现实的浪花。

虚拟的脚步，就像星星的泪滴，张开心的双手也捧不住。

真切的脚步，就如当年我走进你的眸子，从此，天地间多了一对书写经典的伴侣。

（刊发《儋州文苑》，2022年第1期总第459期）

鞋

最初的人类从蛮荒走来，不知鞋为何物，赤脚走在大地上。

最终，鞋是人类走进文明的一个象征。一双红舞鞋，舞进了无数人的春梦，舞进了艺术的美妙殿堂！

木屐、布鞋、皮鞋、凉鞋、拖鞋、运动鞋……脚只有大小之别，残全之分，鞋已是种族繁多，五花八门。鞋是船，把人载进欲望的大海。

当鞋成为摆设，脚将失去行走的意义。

当脚找不到合适的鞋，鞋将成为生命中的疼痛。

一位诗人说，春风赠予大地的每一只草鞋，他给穿在了长城的脚上，于是高高大大的长城，变成高高大大的神。

一位村姑说，秋风送嫁妆到新家之前，年迈的母亲燃尽了灯芯，一针一线纳出了九十九双花鞋，于是唢呐吹出了母亲心底的歌，山高水远，村姑一直也没走出母亲铺展的乡间小路。

鞋，是精神领域隐形的翅膀，也是情感世界醒目的标签。

真正的鞋，不仅仅可穿在脚上，还可供奉在心里，甚至高高地举过头顶。

你踏破铁鞋无觅处，佳人在水一方静等待。

鞋，有时也是勤奋、真诚、善良的代言。一双脚，拥有一双这样的鞋，便可幸福走一生！

镜

草不是花的陪衬，藤不是树的遮掩，桥不是路的装饰，街不是楼的妆容……

我与你相遇时，你是花我是草，你是树我是藤，你是路我是桥，你是楼我是街……

相依之物，彼此用情。相遇之人，彼此倾心。这是必然的偶然，也是偶然的必然，一如春天的故事抒写怀春的心情。

神在云朵上哂笑，雨在湿润的地面撒娇。那飞溅的雨珠，就可当作众神豪情挥洒的酒滴。

虽未与你在街头相依成物互悯，也未与你相遇在佳肴丰盛的酒筵对饮，但风中，有你清淡的发香，雨里，有我莫名的沉醉。

学那草藤桥街，始终注目那花树路楼，我用眼光疯狂围你为框，用眼神激情雕你为镜——

只为携你走进不期的人生风雨，时时以你的澄澈之月，照出我心底暗夜的黑妖！

（刊发《东方文学》，2023年第4期总第61期）

歌

日月星辰，自己发光作词，天地一成不变地谱曲，山水唱永恒的歌。

流水如歌，岁月如歌；青春之歌，老年之歌……

只要有风吹来，花草树木均可欢歌；只要有雨落下，大路小道都能飞歌。

旭日晨歌，诗意盎然；渔歌唱晚，如梦如幻……

虽然时间俘虏所有的歌，但我还是要在时间之外，看着你的眼，捧着你的脸，做一次最深情的弹唱，来一次感动时间的表白！

所有的甜言蜜语，抵不上一句情歌。情歌是世纪的源头，是人类的火种，是不死的心、不老的光！

情歌在纸上缓慢流动，在心尖悠然舞蹈。

可是越来越快的节奏，越来越丰富的信息，让爱语缩水，让情歌瘦身。

在城市农村，在网内网外，不少刚出炉的情歌，脱口即成泡，转身便成影，连同那天生苍白必然寡味的韵律一同随风消散。

我真不想岁月迈步，也不愿时代发展；我真盼望时间静止，更渴望走进历史——

我钟情一首老歌，爱上那老而不掉牙的情歌，它足够温馨，让我可穿越历史拥你走向未来的一生！

（刊发《散文诗·青年版》，2021年第12期）

舞

九天仙女舞翩跹，落在人间成虹桥，把你经年的思念引渡。

梦里蝴蝶水袖善舞，舞到梦外成天上的云朵，把我未来的心愿寄托。

舞，是灵与肉的结合，是美的化身，是情的使者。

战争一触即发，一舞可消弭。坚冰固守多年，一舞可融化。

你在十里长亭飞歌，我在九里画廊旋舞。我们如花如草，如虫如尘，都一样地热爱生活。

善舞不善舞者，舞艺或高或低，舞技或优或劣，行走的手脚，扭动的腰肢，都是爱人间和天地的真切表达。

世界是个大舞台，万物可成舞王舞星。

人在群体中，却是心灵的独舞者。舞台中心在脚尖，从头到尾一直鼓掌加油，唯有自己的内心。

日月已分别调好光，每一天都在等候上场。

你把前生的思念交给风，我把后世的心愿交给雨，不如，一起交给舞吧！

舞出沧桑中的明媚，舞出阴柔中的阳刚，舞出两颗心砥砺前行的希望……

（刊发《散文诗·青年版》，2021年第12期）

画

画山水，容易；画山的筋水的骨，不易。

画眉，容易；画眼神，不易。

画脸，容易；画心，不易。

最难画的，也是最需要画的。父母生你，给你健全双手，日月润你，给你明亮双眼，你画不出传神之物，情何以堪？

属于永恒的，都不是轻易所得的，这是你下笔时就该明白的。

生命是张白纸，需要画雨与阳光、花与朝露，让生命活力四射，芳香四溢。

日月星云，是天空的画；山川河流，是大地的画；眉与眼，是脸上的画……

有些画，原本存在，无须临摹，不必再画。一生一世，要画好心中的画！

最愁乱涂鸦，最忧画圈圈。笔墨在风中凝固，思想在雨中停顿，如何画出父母的恩情、等待的伊人、社会的繁茂、生活的热烈？

你说行万里路的脚是画笔，可画大道小道通往的天堂；

他言读万卷书的眼是画笔，可画梦里梦外渴望的神域。

我想，一个眼神、一个手势、一句话、一个词，均可成画笔。

不在生活中画出美好的别人，就难以在生命中画出美妙的自己！

（刊发《散文诗·青年版》，2021年第12期）

琴

琴声与鼓声，你喜欢被哪种声占据生活的中心？

鼓声响彻在战场，琴声悠扬在庭院。

高山流水，琴声伴，觅知音。冲锋陷阵，鼓声扬，杀敌忙。

琴，古琴、竖琴、手风琴……弹拨的是慢情调。鼓，板鼓、腰鼓、豆角鼓……击打的是快节奏。

慢是一种生活，快是另一种生活。生活需要怎样的表达，这取决于我们心的选择。

琴棋书画，那是雅致的天地。琴瑟和鸣，那是温馨的世界。

倘若眼神如光掠过，风中抓住的只能是叹息。如果情思缠绕在耳畔，睡梦也变得香甜。

或许你喜欢紧锣密鼓，击鼓传花式地奔走，我则偏爱一琴一鹤，琴心相挑的驻足。

琴与鼓都是我们的语言，除了与身体、生命有关，还与生活、道德有联。

　　选择不同的器物，会发出不同的声音，如同我们用生命写下的作品，具有各自的风格，或华丽或灵巧，或幽默或抒情……

　　声音是宽仁还是尖酸，便知是君子还是小人；语言是丰实还是干瘪，可知是富贵还是贫穷……

　　人人都该把握好自己拥有的器物，该调整好生命乐章的节奏。节奏是气息，也是呼吸！

　　人至中年，我离鼓越来越远。大张旗鼓已成明日黄花。

　　独坐幽篁里，弹琴复长啸，或许琴断朱弦，也了无遗憾。

　　现在，我手持渐老的一把琴，轻弹门前流水。也许，越慢越好，如气运丹田，像呼气一般，悠悠而出。

　　我想，把急的也变缓，把硬的也变软，把扁的也变圆……

（刊发《大西北诗人》，2018年第8期）

（刊发《散文诗·青年版》，2022第7期总第580期）

棋

每个人都在布局中，其生命都是一盘绝妙的好棋。

最残酷，也最迷人的是：棋未下完，人突然走了。

一盘未下完的棋，让古今多少人扼腕叹息！

风霜雨雪，由天地配给，背景变化无穷。人生的旅途，是不断书写故事的过程。书写者是天地之间舞台上的主角。

对于孤旅者，难的是，不易寻到称心如意的对弈者。只要生活，棋局已经摆好，往往只能选择自己和自己对战。

可以战胜消泯了记忆的来时小路，可以战胜飘忽不定未来的大道，可以战胜黑夜，战胜敌人……往往难以战胜自己！

人间许多对弈者，死于自己之手。当心如尘灰，便面如枯槁。当无法与灵魂牵手，身体便滑向无边的深渊。

棋，始终无言。落子的声音，可以是暴风雨，也可以是浪漫曲。

只要有战争，终究就会分出胜负。在凯歌奏响或哀曲升起之前，一定要好好对待另一个自己。

哪怕另一个自己是敌人，是罪魁，是黑夜里的无影旋风，也要对敌人保持一份尊重。

倒下的是树，那块泥土还在。远去的是人，鏖战过的棋子尚存。

好好活着，好好吃饭，好好思考，好好运动……真的，你不必计较到底是谁在布局，也不必探究如何精心布局，在有生之年，你当从容持子！

当一抹霞光，掠过树枝，洒在你的脸上，你和对弈者，还有那永不苍老衰败的棋子、棋台，便构成一幅绝美的画！

书

说人生是一本书，是供自己看的，还是给他人读的？

生命应是一卷白纸，由每个人用自己的脚步和思想，写成一部属于自己也属于社会的书。

未到封笔时，未到盖棺定论时，都难以说自己所写的书是否精彩，是否完美，是否传世。

有的有很好的开头，却是糟糕的结尾，如贪官在人生的最后阶段，把自己写成了败笔。

有的一直很平淡，却越写越激情，故事尚未画句号，已吸引了世人无数的眼光，如通过艰辛努力得以一举成名的科学家、文学家……

生命要如何书写，才对得起生命，正如你想怎样生活，就拥有怎样的生活。

有人写成浩浩长卷的历史大书，延长了生命的长度。有人写成小家碧玉的闲书，只为自己玩味生命的情趣……

书，有营养，有宝藏，有永不熄灭的光芒。

人们喜欢看天地，因为天空和大地也是书，由神或上帝书写，它们每时每刻变换着色彩和章节，阳光、风雨和闪电，都会成为标点符号！

阅人无数，等于读书千万卷，因为人人都是一本书。

还是人这本书，最值得读。每位书写者，都应对自己的书负责。

当生命成为墓碑时，垃圾书就会被风吹进角落，好书便如碑文，被后世铭记。

（刊发《世界华文散文诗年选》微刊，2019年9月17日）

（刊发《散文诗·青年版》，2022第7期总第580期）

社会潮

要走的路，就算有风雨，摔倒了也可以重新站起来，一场雪就可刷净身上的斑点或污泥。

手

一只手别在身后，持一束带露玫瑰，恋爱的雨季走来；一双手放在胸前，捧读经典，大爱的晴空照耀……

有人想用手撬起地球，结果成为疯子的代名词；有人用手为过河的蚂蚁搭桥，没有载入史册却在心灵世界留下佳话。

举杯邀明月的手，是史上最浪漫的诗；众人之手捧起的太阳，是尘世最美的化朵。

手，是航船的方向，是薪火的传递，是光明之神的舞蹈，是人间天使的翅膀……

手背，凝聚岁月的沧桑；手心，握着家族的记忆。

孩子的手，是春天的阳光；老人的手，是冬天的火把。

握着仇人的手，化干戈为玉帛；不同的手相握一起，世界响起和平的鸽哨。

没有脚不能跨过的高山，没有手不能抵达的区域。

爱意的手，可以把你推上黎明的快车；温暖的手，可以把你拉出黑夜的冰窟。

我欢呼探月的手，赞美送人玫瑰的手，崇敬成为雕塑的手……

今生，我只愿执子之手，创造爱情不老的神话！

（刊发《咸阳日报·古渡副刊》，2023年12月7日）

眼

一花一世界，一眼镇古今。

你只偷偷地一眼，便收缴了我全部的江山。

眼睛望向何方，心灵之舟便驶向何地。

望眼欲穿，穿过的是层峦叠嶂、岁月云烟。

睫毛如春天的芦苇簇拥着眼之湖，我不当浮云遮你望眼，渴望成星子栖落你湖心。

醉眼蒙眬，蒙眬的不仅仅是对方的身影、话语，还有彼此的前尘往事。

嘴中人事烦，眼里乾坤大。

把夕阳作瞳孔，作别的是忧伤。把灯火当媚眼，浪漫的是夜晚。学会把旭日凝视，彩霞乐为清洁师，扫除昨夜梦中的惊恐和眼里的雾霾。

要向天地借一双慧眼吗？不如和心上人对望一眼！

一眼即电闪雷鸣，一眼使天高地阔，一眼可百花齐放，一眼就奠定人生……

笑是眼的莲花，泪是眼的结晶。眼，是惮意和茶道。眼，是高山流水觅知音。

从一个人的眼里，可见他一生的故事。人一生的喜怒哀乐，也像登上了高山俯瞰平原，尽收眼底。

苍茫世间，世态炎凉，唯有爱之眼温暖四季。人间最美的事，是活在你的眼神里。

如果终有一天谢世，也祈愿在你眼里燃烧，直至化作轻烟散尽。

那玄歌飘荡在白云生处：心已相印，对眼无牵挂，来去均从容！

（刊发《咸阳日报·古渡副刊》，2023年12月7日）

心

那脸上的斑，眉上的笑，眼里的光……我们能在千里之外看清别人的容颜，尽管有镜子在身边，也看不清自己的面目，更看不透自己的心。

身为何而活，心为谁而动？

向有情人表白时，说要把心掏出来给人看；向天空或大地忏悔时，也说要把心敞出来给天地验。可在如烟尘世中，我们的皮肉越来越厚，骨骼越缩越紧，心被包裹得也越来越深，深如枯井中一枚青苔覆盖的顽石。

太阳已走向黑夜的背面，心却离最初的位置渐远。

父母、孩子、友人，甚至陌生人，我们陪着走一程，可以走丢的是人，不能丢的是心。心是方向，心是灯！

微博、微视、微信……不断刷屏，潮涌的是血，明亮的是眼，需要找回的是心。心是情义，心是温度！

心若蒙尘，身便模糊；心若如莲，身便成佛。

寻路阡陌时，摘花含笑时，把酒问天时，盖棺定论时，我们最该掂量的是心。心在高远的云天，一切才是上上签。

晨光、露珠、白云，为我所喜；清泉、花蕊、鸟鸣，为我所爱。

三十年功名过后，我开始学着把心交付给这些喜爱之物。

让它们日日用情清洗，以葆时时一尘不染。

（刊发《世界华文散文诗年选》微刊，2018年4月10日）

（刊发《咸阳日报·古渡副刊》，2023年12月7日）

身

在旅途的客房，无意间审视：一个人，两张床，不是人少一个，就是床多一张。

未使用之物，挂在时间的轴上，成无用之物，抑或像画作留白，拓展视觉，让空间激发想象之潮！

不由得将自己当一座房子审视：未曾推开窗接纳的那缕清风，未曾递到门口馈赠旅人的那张餐券，未曾托进梦境辉照天地的那轮明月……都将回归到它们的世界，为我和我一样的木头人发出无奈的叹息。

那未曾行使的时间段，拓展了何种玄妙之境？本该有的动作，未曾诞生就已萎缩，竟像空置的床单一样苍白！

一个人眼神里的笑，心窝里的花，也有时序的自然选择，倘若没即时盛放，就像细碎的旧物，眨眼遗于角落，是主人粗心，让它们抱憾终身。

羁旅省身，自我辐照。窗口的光，如暖心的灯。世事逐渐明了，生活趋向简单。

需要唤醒沉寂的细胞活跃骨骼，需要拨动闲置的筋脉激发潜能，甚至像装修房子一样需要重新设计人生。

当让低矮的房舍旁，长出无比高大的精神之树，哪怕它碰青了天空的脸庞，顶红了奔忙太阳的眼睛。旅人心目中的这帧指路风景，将被列入时间的博物馆，为后世竞相珍藏。

（刊发《咸阳日报·古渡副刊》，2023年12月7日）

爱

唯有梦不能复制，唯有爱不能言。好梦如烟散，大爱留在心。

爱与同情、怜悯、善意、喜欢、倾慕相遇，却与梦牵手。因为真正的爱，不图回报，只需像梦一样记忆。

爱在高山，高山仰首；爱在河流，河流歌唱；爱在前生，前生复活；爱在后世，后世的光阴如梭返流到面前！

爱就是凭空涌动的力量，爱就是无风起涟漪的神奇。

不仅情人之爱、夫妻之爱、家人之爱、友人之爱，还有很多很多虫豸般细小的爱，微尘般容易忽略的爱，甚至隐于光阴中、沉入分子中看不见的爱，只要套在情的脖颈上，也是浪漫的花环，如花一样芬芳，如梦一样缠绵！

或许，一切爱，都属于自然，无须建档立碑占据空间，只需在时间的轴上有一个闪光的点，可供回忆，即是长久。

星月之爱显影天空，花草之爱写在大地，你我之爱藏隐于岁月……

生活的巨轮滚滚向前，而爱是不断消隐的过程。

有一天，我的身灰飞烟灭，我的心会在弥留之际，使出平生最后一丝气力自豪地说——

我热烈地爱过，像梦一样的美好而伟大！

（刊发《海南诗文学》，2019年秋季刊总第135期）

恨

恨不是由爱而生，而是由情而起。

情的正面，是爱；背面，是恨。就像一个人行走，朝前看，是温暖的阳光；只把眼睛向后，会看到自己冰凉的阴影。

爱是彩色的，如手心之热；恨是黑色的，如脚底之冷。

情是腾空的焰火，爱是蓝天白云，恨是随粉尘四散的黑烟。

爱是药，似蜜蜂般的甜；恨是毒，似黄连般的苦。

爱人爱己爱天地，哪种爱都能感天动地。恨天恨地不如恨自己，哪种恨都会令人受伤。

为情而来，被爱拥抱。绝情而去，恨得牙痒。

只要有天地人，就有爱和恨。情是条红白线，把这两极相牵。

爱多些，恨少些，心趋向圆满；恨多些，爱少些，心走向残缺。

七情六欲，自在人生。你是有情之人，管不住爱，也控制不了恨。但为了心的康健，你会做出正确选择！

爱，就天亮；恨，就天黑。

为人间情添更多亮点，我正用爱的阳光，一点一点覆盖恨的黑！

梦

雄心与梦想的起源，都来自儿时村口的遥望。

从看到山坡下的蒲公英开始风中飞花，茅檐下的雏燕开始抖羽振翅，就知道梦是可以飞翔的。

从看到萤火虫在菜园的篱笆上起舞，成群的星星在池塘的波纹里游泳，就知道梦是可以发光的。

还看到，蜂蝶从油菜花黄色的头巾上掠过，又降落进红色杜鹃的花蕊殿堂，就知道梦是有色彩的；还看到，一泓山泉绕过一堆乱石，奔进溪流又融进大河，就知道梦不仅有方向还可以歌唱……

故乡，那巴掌大的小小山村，却是认知大自然的偌大花园，是熟悉的火热生活的起点，更是灿烂梦想的启蒙地！

有过给大公鸡配喇叭的梦，有过给小白狗穿花衣的梦；也有过摘星星的梦，给太阳戴帽子、给月亮戴戒指的梦……

梦一个个破灭，又有另外的一个个梦新生。

故乡年少的清淡日子，是在无边的梦境中度过。

都说功名如尘土，却仍有一拨又一拨的人满世界奔跑，为功名而逐梦。

如今，我在如梦如幻的都市里回首，才觉得：儿时那些梦里的日子，才是最美最真的现实！

（刊发《海南诗文学》，2019年秋季刊总第135期）

网

情窦初开时，情也撒出了网。那网，有在朝霞中含羞的颤，有在夕晖中凝神的思。

热恋季节时，情洒网内外，网网含真情。但有撒网者，犹豫不决，不知何时收网，屡错良机，最后只收回一声叹息；有撒出的网不幸触礁碰石遇刺，弄得网破人憔心碎；还有撒网者奇遇水域，网未撒开，已被网捕进温柔之乡……

用情的丝、线、绳，一旦织成网，便有爱的血、泪、电。

那痴痴望眼随抛出的网划出激动的弧线，那一颗芳心顺扬起的手臂滚出希望的圆。只要织网撒网，便有意外收获。

你看，在情天恨海，有捕得鱼满舱的得意与自豪，也有捕获美人鱼的喜悦与幸福……

蜘网、渔网、电网、法网……每种网都对应有俘虏。唯有情网，既有形又无形，既捕获身也捕获心，而且捕者与被捕者都甘愿俘虏为奴！

回望流年似水，你的心已沉寂得了无波澜，你的网也已闲置多年。该有多少可人的鱼儿，在等一张成熟的网华丽再现？

无网是一种折磨，弃网是一种遗憾。当发现留不住青春时，你必须学会网住爱情！

墙

当生活不下去时，你感觉竖立面前的，是一堵墙，还是一张网？

墙是实心的，厚重如石；网是透明的，轻盈如纱。但它们都像一个不可一世的王，仿佛让人无法翻越其臂膀。

撞墙，也有触网之麻；触网，也有碰壁之痛。

墙倒需要众人推，收网只需撒网者。

人生路漫漫，生命的时间却很短暂。当你跋涉在风雨中，不期而遇到墙，需要人力借来梯子翻越而过，或借神力破墙而入！

世上没有不透风的墙，也没有牢不可破的墙。就像天之遥、地之阔，有形的无形的网，不可能撒遍每一个角落。

一堵风雨墙，写满历史的沧桑；一面英雄墙，讲述无言的悲壮……

很多墙，让我们仰天藐视。还有很多墙，令我们跪地仰望！

当蜘网残破如凋零的花朵，我期望你用生命构建一座文化墙——

记录自己的历史，也传承人类精神的脉搏与方向！

（刊发《海南农垦报·南国珍珠副刊》，2022年7月8日）

暮

隐约的船，闪烁的渔火，就像带着荧光流淌在灰色纸张上的文字。

有渔火的船在苍茫中，是激情书写对生命的流连，还是无奈展露对死亡的恐惧？

此时的暮色是最值得珍惜的。一些灵动的物什还有轮廓，一些泛黄的往事还能浮现，一些见底的真相还未消失，就算是一生缄默的树，也还知晓脚下所站的位置，迎风嘶鸣的石头也明白立在岸边，还是被无情的潮水已淹及脚踝……

一直眺望孤帆远影的人，也还能清晰感受到相伴草木的气息和留守身边人的呼吸！

等天空完全黑下来，时间凝固成宝剑也穿不透的礁石，一切或将都跌入虚无，睁大前世的眼睛，也许只能看到空洞无底的墨云残布。

风在耳边旋起回响，是传递密语，还是殷切地叮嘱？

十月的三角梅盛放在交叉路口，晚唱中的树影摇曳出醉人的旋律，仿佛一幕新戏又将开启。

一些进入暮年的生命，就将被黑夜收走，留下星辉的寂静，而夜色需要的灯火，乐于孕育在晨曦将宣告华诞的生命，由旭日演绎欢腾。

日夜自然更替，生死循环不息。无须为暮年而愁，就像不必在壮年悲秋。

在暮色四合时，坦然看海，看鸥翅划过心底的光亮，写着来世的箴言。

等到有一天，生命的航船驶入茫茫黑夜的殿堂，无须石质淬火的墓碑，只需一缕细浪，蘸着暮色玄妙的波纹，那就是最自然不过、动人心魄的墓志铭。

痛

你说人间有痛，痛彻肺腑：某家不幸，跌入漩涡；某人悲惨，坠入泥淖……高悬的月亮，只是弯成银耳倾听，不发一言。

天有情，但天不老，只有它的孩子从幼年走向暮年。据说太阳已有46亿岁，太阳也会老。月亮的年龄正在被无数颗心计算，也将在太阳走不动时，扶起天官抛下的拐杖，失去眼神里的光。

其实痛是一切的根源，是生和死都有的纪念。天也有痛，当流星划过天空的脸庞时；地也有痛，当洪峰划破大地的胸膛时……国也有痛，家也有痛，痛在乐的背后，就像忧虑藏在幸福的身边。

个人的痛，看起来遥远，与风雨和阳光不沾边。实则与他人相连，也与天地相牵。天痛时地能感知，你看乌云就显影在水面上；地痛时天能感应，那冲天的大火让太阳出汗。国痛时，家在震颤，家痛时，国已不安；我痛时，你在镜前失色；你痛时，我在梦中辗转。

山似神，人如树。一棵树受伤，照耀它的太阳，辉映它的月亮，会不自觉地把溅起的光斑与痛感，洒在别的树身上。

太阳沉入海底，会从另一个水域升起，月亮落进黑夜，会从另一个夜的门里走出。一路喊过、哭过的人，也会把痛藏在脚底，在另一个清晨恢复平常的容颜面对天地，迎接日月的洗礼。

那么，阅沧桑世事，就如遥看白浪淘沙，观人间枯荣，就像闲看庭前落花……尽管这么坚强地说，仍有泪水无言地滑落。

那么，就让该发生的发生，能挽回的挽回，能超越的超越，像面对风一样面对出其不意、防不胜防涌来的痛之潮，以采日辉月华之眼，以采飞花流云之笔，把它写成诗、谱成曲、旋成舞，艺术再现在生命的扉页上、生活的典籍里、历史的档案中！

消隐的痛，如时间的结痂，泛着岁月的光。月无言，看月的人，终将无怨。

残阳如血，星落如泪。风雨掠过，天地依然繁花似锦，人间仍是一片勃勃生机。

念

被关在屋子里的人，思绪飞奔在大街上。

正在阅读的故事，失去了主人公。

形式可以固化脸谱、王位，却得不到自然的尊敬和由衷的掌声。

撒出去的花，不再受仙女使唤。肆意飞扬的花瓣绚丽了天空，却也迷惑了路人的眼睛。

时间稳坐钓鱼台，它没有对与错。错的是逃逸的水、脱钩的鱼。

在这有前庭后院的花园里，你不是角落里的小草，习惯倚墙独泣，也不是守门的大树，偏爱拈花微笑。

你只不过是廊门拐角处，一个低矮的石狮，烈日晒不化，暴雨淋不透。

仰看乱云穿空如烟，俯视脚步匆忙西东，你默听自己的心声，修炼稳坐的本领，书写外人看不见的史册！

一天又一天，转眼已多年。往事并不如歌，旧物仍舞翩跹。

男

生为男，该如何看世界？世界是一片汪洋大海，你必须驾驭自己的人生航船，劈波斩浪，驶向远方。

拥有男人的名声，就被贴上正义、勇敢、智慧的标签。

你必须有梦想，否则如生命没有希望之光；你必须有战场，无论顺境还是逆境，首先要成为自己的王；你必须有港湾，家供你休憩，爱给你前进的动力。

男人的笑是阳光，为他人挥洒；男人的泪是火焰，容易把自己心肺灼伤……

男人是山，当有女人的水环绕，更显其巍峨雄壮；男人是桥，如果有温柔之手来把栉风沐雨的身心抚慰，更使其阳刚，就算沧桑，也不失其原味魅力。

男人惜时也惜语，男人只谈事业、奋斗，不谈痛苦、失败。

当失败的男人重新站在胜利的舞台上时，如潮的掌声再次响起，他眼前的人群依然如溪流汇聚而来的汪洋大海！

（刊发《当代散文诗报》，2024年1月21日总第22期）

女

女儿红，不在酒里，不在花蕊里，就在其名称里。

女人花，美在大地，美映天空，更美在人们心底。

女人的另一个名字叫温柔。温柔的力量，可阻止一触即发的战争。

女人如水，水是一切生命之源。

女人如歌，歌声可以唤醒沉睡的心灵和麻木的神经。

痛恨时，我们习惯夸大事实；赞美时，我们乐于放大对象。可对女人的爱与恨、赞与叹，让男人无法面对大海咆哮，最多是连踢几块石子，让脚和心再次把戳骨的痛回味，像品鉴那海面上永不消失的波纹之美。

男人受到女人送来的委屈，也不愿在审视天空时抛撒鲜花，而是选择独立褪色的窗前，一次次咀嚼那难忘的背影、遗留梦里的百般愁滋味。

女人是魔还是神，几乎没有一个男人说得清！

当你用情接住女人泪，从大海里捞到了定神针，以爱之手触摸到女人的心，才发现女人天生如琴。

那天籁般的琴音，如流水、如月光，把知音紧紧包裹，裹成来世依然鲜亮夺目的琥珀。

（刊发《当代散文诗报》，2024年1月21日总第22期）

老

我说年轻好，心潮一直澎湃，不停编织未来的梦幻。

你说老了妙，心无他顾，静享夕阳之美，吟唱晚风之歌。

老，幼时陌生的字；年少感觉遥远的事；中年最担心即将成为的人。

老，是终结的句号吗？老，是新生的前夜吗？

那草木相扶的岸，遥望大海与宠物猫狗相依的背影，为何成为我心底的隐痛？

那人流中佝偻的身，相牵的手，缘何催你热泪奔流？

都说，心老人就老，人老情也不老；最美妙的事，还是与你牵手一起慢慢变老……

就像有生无法回避死，有少无法回避老。死当有生的从容，老当有少的率真。

老如冬天，应有炭火温暖脸庞；老如黄昏，应有霞光辉映眼睛。

从与你相遇的那一刻，就知道：今生今世，我是你的炭火，你是我的霞光！

年轻当然好，老了自然妙。当我俩一起走向苍茫的天空时，身后的大地依然万木葱茏！

（刊发《当代散文诗报》，2024年1月21日总第22期）

少

回望少时，是在热烈的芳草地，还是在孤独的天空下？

那如烟如梦的岁月，竟然每一分每一秒，都如金了般珍贵，都如月亮般光华，连同它的每一丝气息，都值得好好珍藏。

时代的车轮滚滚向前，每当即将停滞时，又有巨人之手、智慧之思，赋予它更新更持久的动力。从少年走向青年，如火车呼啸而过，怎能看出：是谁掌握方向盘，是谁给予的巨大能量？

懵懂少年站在村口，和顽劣少年伫立城市街头，同样静止的世界，却是不同含义的风景！

少壮努力，是为老来不伤悲；年少编织单色的梦想，是为成就将来的彩色现实。

少小离家，老时念家。无法再走回少时的路，无法再拾回少时的情，无法再捡回少时的泪与笑……

中年还没有空闲来书写年少时的剧本，就等老年到来，把年少所有的时光回放成电影。

主角最好是你自己，配角是想象的另一个自己，别不小心成为他乡少年！

（刊发《当代散文诗报》，2024年1月21日总第22期）

刀

风之刀斩向树林，雨之刀挥向屋顶，钟之刀砍向耳朵……

一切刚刚好。刀过处，来不及擦泪，顾不上抹血。必须闪电般站起来，高山般挺直身子，径直走向风雨，迈向风雨的远方！

这只是午后被风雨和闹钟声震醒，夺门而出去上班。人生路上，更多的刀山聚集耸立，等候去登攀。

战争在自然界一直存在，在人间也不可避免。武器自古必不可少，如同柴米油盐。

我刚步入青涩的季节路口，你就用成熟的眼睛在我脸上使劲剜一刀；我刚走进情感的敏感地带，你就熟练地在我心上温柔一刀……

刀光闪闪，如雷如电，无法躲闪，也来不及哭喊。

受伤是家常便饭，在午夜的梦中用雪水疗伤，在孤独的深处用心舔伤……

有刀飞舞，知晓生存竞争残酷；有伤之痛，不至于昏睡沉沦。

在时光中反刍什么？不如打造金面罩，锻造银盔甲。等冷言恶语、邪风毒弹等纠集，如浪刀锋袭来，大刀小刀长刀短刀，遇你钢铁之躯，纷纷自动卷刃崩口，让持刀右手虎口震裂，刀片碎屑如雪。

我赤手空拳来到人间，在家庭的摇篮、父母的怀抱、爱的港湾里，在温情软语的音乐声中长大，及至独闯世界，才惊觉周围刀枪林立，噪声割耳，兵器在文明时代也不曾缄默入库！

最怕的不是笑面虎、舌吐剑者，而是藏刀于心的朋友、别刀于身后的路人，他们会在醉酒或漆黑的夜里，抽刀伤及无辜。

无论如何，德握在手、正义在胸，我要学会用刀——

倾情用心，拔刀助人，让闪烁的刀光闪出无限的光明！

（刊发《吉林散文诗》，2024年第1期）

枪

枪是两面派，打出正义的子弹，也会射出罪恶的子弹。

在战场上、在商场上、在人际场上，枪从未缺席。

是枪声一响，黄金一两，还是枪声一响，众人遭殃？

枪，是该把你敬奉在光明的天堂，还是该把你扔进黑暗的坟墓？

是该为你鼓起欢呼的掌，还是为你流下悲哀的泪？

就算是枪的发明者，也无法做出单一的选择！

被无端诬告、被有意降职、被意外踢出局、被语言诱惑、被行为欺骗、被感情抛弃……人生种种失意，如遭枪击。

惊心的不是对手当面拔枪，而是你的目光撒成天网，也发现不了敌人躲藏在哪朝你瞄准并扣动蓄谋已久的扳机……

英姿勃发的青年，往往手里握着一杆容易走火的枪；古庙深山修行的白发道人，常从心底捧出一支百发百中英雄牌的老枪！

不在枪林中生，就在弹雨中死。

当战斗打响，你是否愿意成为隐秘战士，像狙击手潜伏于风雨深处，只一个轻微的标准动作，就让子弹飞。让子弹跟随预设的目标，越山渡水、穿云破雾，直击生活的靶心！

（刊发《吉林散文诗》，2024年第1期）

剑

铸一把剑的自豪与惬意，远胜于采一朵菊、沏一壶茶、作一幅画！

青龙剑、明月剑……剑善以凡人不易触摸到之物、人类崇爱之物命名，以显其尤比尊贵与万般神奇。

神剑出炉，风雨嘶吼。一剑在手，恐惧全无。

仗剑走天涯，舞的是侠义精神。而项庄舞剑，虽是掠地策略，却也如同舞文弄墨，为了成就自己。

剑，铮铮落地，嚓嚓入鞘，唰唰扬起……均有舞之魅，乐之律。爱剑者如爱生命。抱剑入梦，梦中抚的也是剑胆琴心。

快刀斩乱麻，挥剑斩情丝。剑是君子的标配，是刀的升级版，是更难攻克之物。用刀不如用剑，如用力不如用心！

持刀的威武大过秉剑，而剑影的诗意与风采盖过刀光。剑的灵活与力度，应是手持其他冷兵器的总和。

剑是禅语，也是精神。剑是光，也是灵。

宝剑锋从磨砺出。跌宕的人生，漫长的征程，我们需要书写自己历史的战争神话。

胜败有天意，但亟须把自己打造成一柄吹发断丝、王者倾心的尚方宝剑！

（刊发《吉林散文诗》，2024年第1期）

炮

一门守护城池的大炮，风雨镇守几百年，在日落的树荫下蹲成老虎模样。

如今隆隆炮声，已是史书和影视剧中遥远的记忆。

都市人，淡忘了炮的地位和威力！

凝视面前这门斑驳古炮，感觉炮身仍然热气腾腾，炮管里激荡着浓烟和热血，炮口仍燃烧着火焰与金光。

在想象中，那些为国为民为真理开炮的勇士，在白云被鲜血浸染的蓝天下，站成大地上高耸的群雕。其中一张被烟火熏黑仍透出几分稚气的脸，在眼睛如夜星闪亮时，露出一排月光般洁白的牙齿！

虽然岁月无情，天也无意，铁锈已满身，但是炮是不死的，炮是有灵魂的，它如完成使命般地休憩。它的虎威，曾经汇成欢呼的海洋。

炮以血肉之躯，挡住倭寇、击走强盗……就像一位驰骋战场的将军，最后在战争消隐时开始沉寂，并沉寂于无边的树林深处，逐渐陷入岁月的枯井。

美人迟暮，英雄末路。曾经轰天的英雄，如炮立荒野无人识。无法扭转的命运，风中传递着旷世的叹息。

离开时，我再深情凝望一眼这要趴进尘土里的虎，感慨人在失去战场后的无奈结局，不由得用手使劲揪一把狂乱的心，泪洒胸前……

病

地变灰了，天苍白了，天地如果出现神经性头痛，那就是与天地联为一体的人病得不轻！

多走一点就兴师问罪，有理就不饶人，就是血压高的表现。如果血压正常，就会清楚：走路有益血液循环，有理更应好好享受内心欢愉。

看不见他人眼里的光亮，是眼盲；听不到友人话里的鼓励，是耳聋；感受不到陌生人手心的温暖，是神经衰弱……

没有了会场上的聚精会神，得了多动症；丢失了餐桌上的幽默，患了厌食症；不见手机就心慌，肯定摊上了相思病……

如果只记得仇恨，无疑是失忆症；如果无法一日三省吾身，说明脑功能开始紊乱……

倘若话语里没有了阳光，心窝里没有了爱——只能悄悄告诉你的亲属，就是令人谈之色变的癌，你离"死期"已不远！

这多数病，有一个共同的医学名称，叫作城市病。

城市病在蔓延，速度之快，尚没有测算。更多的情况已摸清，对于这种随时代而新生的病——

很多人不懂得预防，也没空去体检。而发现病已缠身者，不少还没找到医院！

锁

拉成长龙的乌云，奔腾过海，如重重铁索，没有锁住高昂头颅的青山，兀自散去；狂怒的暴雨过后，天空甩出巨型钢鞭，幻化成迷人的彩虹，也没锁住城市的窗口，悄然退隐……

世俗的眼光，粗鲁的陷阱，轻浮的羁绊，凡此种种，又怎能锁住你装得下城市与高山的无拘之心？

在锁尚未降生时，人类已打造了无数把钥匙。

劳作是打开大地的钥匙，读书是打开智慧的钥匙，思考是打开黑夜的钥匙，信念是打开困难的钥匙，情义是打开人性的钥匙……

只是，逐渐有人丢失了一把把宝贵的钥匙，故而堆积在面前的锁便越来越多，愁云般的烦恼和锥骨般的苦痛便不断袭来。生活出现对于锁与钥匙的纠结，钥匙与锁的对抗，梦与现实的对立！

诗意生活中，复杂江湖上，锁无处不在，意义非凡。破庙宇是锈心锁，弥陀佛是开心锁，情人手是连心锁……

最坚固的锁，就是心锁，需要自己的灵魂之手才能打开。而最好的锁，是没有锁孔的装饰锁。春夏秋冬门自开，人生原本无须锁！

不觉人过中年，一觉醒来，见生命的窗已如梦中的龙门大开，忍不住想对天大喊：锁，你就去锁空气吧！

寺

想起一座深山古刹时，心已抵达。

晨钟暮鼓，不仅回荡在幽谷，还飘飞在城市喧嚣的声浪中。

寺，是心灵的活化石，闪着自然的光，又在沐浴和净化着众多心灵。

凡俗如你我，是喜爱寺里精瘦得道的老者，还是那枝繁叶茂禅定的古树？

檐角上的雕龙，吞吐日月。大雄宝殿上空的云，从不生锈落尘。

跟寺亲近者，内心都有一盏澄明的灯。在黑夜，照亮别人的路，辉映自己的脸……

需要跋山涉水多少回，才可得道成仙？

不如省略无望的找寻，不如撇开盲目的自信，就把自己生活的城，当作寺，潜心修行。

不管成不成什么，都将成全自己，心终将有木鱼的妙音。

庙

如果失去对土地的敬畏，我们就容易忽略庙的存在。

雷公庙、山神庙、关帝庙、娘娘庙……乡村里，时常可见的大小庙，正是村民对土地的热爱与虔诚的表现，也是对一切神灵的信仰与敬奉的象征。

庙是心灵的寓所，是灵魂的寄托，是人与土地的契约，也是人对土地的赞歌。

拥挤而繁华的城市，人多庙少。匆忙的都市人便常常忘记脚下真实的土地，以为生活就只有水泥森林和空中楼阁，也就难以感受到空气的甜、鲜花的香，更别说与天空的脉搏息息相关的土地的呼吸！

庙是一种固化的神，是人进行自我拯救的一种方式，更是时间之河上普度众生的航船。

山里有座庙，庙里住着一位老和尚……一则古老的童谣，引领了我们对世界的最初认知，对超凡脱俗的朦胧感悟。庙既在眼前，又是遥远的净土。

我们知晓自己是时代的宠儿，但是否清楚是哪位在哪个庙里祈愿才得以幸运降生？

时至多年，想表达对你的心声，可是走遍天涯，还摸不着你的庙门！

或许有很多人，因为失去了庙，在对庙的苦苦寻迹中，留下悔恨的泪和无边的痛。

火

地上的火，真实燃烧。天上的火，梦幻如霞。

火可由霞生，熊熊大火，一样照亮天空。霞可由火取，满天云霞，一样映染大地。

当无数理想的种子，在胸膛燃成精神的火炬，神秘的东方绽放霞光万丈。

当一朵红霞飞上你的脸腮，我的内心燃起激情的火把……

火，埋有酒的精，由情发酵。在未成为火之前，已布满诗情的光亮，如朝霞藏在云的背后。

霞，隐有花的蕊，由爱催开。在未生为霞之前，已镀满画意的光晕，像星火隐在窗的身边。

读史，把那战场上流成河的血，读成了燃烧江山的火；眼前，雨后血染的天空，一时间分不清是火还是霞。

浴火重生，应流的是心底的血，披挂的是霞的衣。

可以强压地头蛇，难以压住积聚了一夜的火；可以按住一尾响箭，按不住一束隐藏一个春天的爱火……

当有佳人在水一方，你泛舟而行，极目而望。天并不苍苍，地也不茫茫，每一缕风都值得神往。那浪漫的夜色中，火树银花，便是一生渴慕的爱情童话。

车

与年少时的渴慕完全相反，如今不少都市人，越来越期望以步代车，走出悠闲的诗意和金不换的健康。

曾经的豪车是身份的象征。共享车时代，共享身份，车的贵与贱，将不再是一种对人的评判。

未来的街头，或许交错的目光，不再比攀四轮车速，而是看谁还能骑两轮自行车，骑出速度与激情。

火车一直是最好的象征，无论是煤烧还是油气驱动，抑或当今世界流行的电动，也不管有无隆隆之声，它始终快如风、闪如电，给乘车或看车的人，都带来无尽的遐想，因为它天生带有翅膀的模样。

车最终行进的轨道，不是实物，而是想象！

有人说，生命是一列呼啸的火车，那么生活当是一部悠悠摆动的自行车。

在燃烧生命的青春季，还是在惧怕孤寂的暮年期，往往取决于我们对车的态度。

总有一天，老与少对车的认知没有区别，因为每人只配一辆车，每人的双脚就是其坐垫！

船

  船与水融为一体。无船亦有水，无水便无船。水是船的母亲。

  说人生航船，身体就如水，载船在岁月中穿梭。

  那一年，你的爱情船搁浅，如水的她随风远去，你苦等梅雨季节到来，可雨水和泪水交集，也划不动你如铅的船……

  人生有方向，也需懂得变换，找准航道，可以不在弯道超车，一定要在深水行船。

  潮平浪阔好扬帆，鱼儿会在船尾欢快地跳跃。就算天空起狂风，巨浪奔袭，因视域开阔，也好掌舵，迎风斗浪，海鸥会为勇者歌唱。

  大海是故乡，我们都是水生之物。船是渔人的家，水的精灵，精神的粮仓，生命的希望。

  当生命如残破之船，遗弃在岸，朝阳也会变暗，洒泪祭奠。

  当夕阳西下，至死也相爱的人儿，牵手伫立船头，那动人的剪影，将永久地嵌入天地之相框。

掌

你满怀激情，奔向光明，却被巨大的无形之掌拍击。

拍得晕头转向，击得胸口受伤，甚至止步于大路之外，只能遥望渴盼已久的海边朝阳。

无形之掌，冷若冰霜，生硬、僵化，不讲法理情，常把温暖的爱心击碎，让美好的希望破灭。它凶狠过拳头，残暴过铁锤，它远离神仙，狂妄成魔。

魔掌一次次伸向勤劳的田地、善良的民众，如台风在午夜掠过，清晨便见满眼狼藉，让无助者忍不住掩面哭泣，滴血内心！

在天地人间，有形的，真实的掌也不时闪现。船行海上，层层海浪聚集成掌，欲把船推向岸边；人行云下，阵阵暴雨交织成掌，欲让人打道回府……

掌是暮色中灰暗的群山，需要跨越；掌是沉重的监牢之门，需要洞穿……

毒掌呼啸，意志昂扬，被击倒的身子会重新挺立，精神的力量会再次凝聚。

只要不在掌下丧生，月光依然皎洁，鲜花依然怒放……

再大的掌也遮不了天，在与掌的永恒角力中，请为自己热烈鼓掌，相信被感动的风雨也会赶来帮忙！

（刊发《东方文学》，2023年第4期总第61期）

信

就算世界不复存在，我也信诗意尚存。

信，不是口头承诺，纸上协定，而是铁板上的钉，骨子里的血。

你是天空的信众，白云也会成为你的宗教，仰望便是你一生的姿态。

我是大自然的信徒，山水便是我心目中的神，对每滴水每粒沙都不敢玷污，而是当作要捧在手心的珍宝。

历史上最惨烈的战争，是失信之战。

世界上最好听的语言，是梦里我也相信你。

书信，传递文字的温暖；诚信，传递情感之美……每一种信，都是铁树开花，弥足珍贵。

寻找爱情的人，相信岁月会老人不老，就算人老情也不老；给失明者馈赠希望的人，相信可以从水中捞出月亮，就算捞不出月亮，也能捞出光亮……

每秒都有灰尘入侵，你相信它们无法损害你金子般的心；每天都有黑夜逼近，我相信我会一直走在光明之中。

信，是眼前的真实，也是永恒的神话！

钟

钟是时间的代言人。对于浪费时间和珍惜时间的人，分别给予教诲和赞美。

钟声由远及近，如河水由深山流至面前，无论是在夜半还是清晨，牵引的是乡愁，拨动的是心绪。

钟驻守心中，让我坐如钟，禅思如何对待生命，让仅有的一生富有意义，让我最终能获得美妙的钟声。

你钟情山水，我中意文字，我们走在不同的路上，但都是在时间的轴上，打磨自己的光亮。

钟，是象征，是隐喻，是梦中的乐师，是现实的裁判。钟发出的每一声，都带着使命，让天地悠扬，给人间警醒。

父母是我们的钟，我们是孩子的钟。历史是现在的钟，现在是未来的钟。

钟，就是不变的伦理，时间的化身。

钟时时存在，它融进血脉，与我们的心脏共鸣。

哪怕不见钟，钟也在默默度量我们的人生。

墓

如果时光是墓，它埋葬了什么，是否历史已葬送了一切？

如果婚姻是墓，爱情拯救了什么，难道情感浪漫的走向，只是短暂的注脚？

有人说，走在大街上的人，都是移动的墓。我想说，那都是可亲的神。当然，神也需要墓，等候心怀感恩的人或满怀忏悔的人，到墓前祭奠跪拜。

墓是生命的锦囊，香魂的宫殿，更是黑暗的锁。

人生有墓，可以凤凰涅槃；如果无墓，灵魂则无处立身安命。

是学历史，把一个个时代赶进古墓，任后人不断猜想、发掘、探秘，寻求历史的真相和应有的光芒，还是学圣贤，把多余的情思和杂念放置心构建的墓中，用丰富的思想，写下不朽的墓志铭？

荒草萋萋，多少野墓成舟，在岁月的洪流中，孤舟自横；明镜高悬，多少官墓成石，在时间的冲刷中，石墓兀立。

你终将记住的不是墓的卑微还是华丽，而是墓的主人是普通的人还是真正的神!

道

"让暴风雨来得更猛烈些吧!"——你迎风扬臂,喊出经典文章里的句子。

排山倒海般的乌云阵,化作零星的黑石滚过头顶,只落下零星的雨滴。骤雨在别处,雷声在远方。但被闪电惊醒的眼睛,让你固执地等。

终于等来神笔般的彩虹,等来天宫之灯的夕阳和霞光!——你欢呼雀跃,像苦苦修炼者终于得道。

一个字,让生活之雅达到极致,让人生之妙难以言说,它非道莫属。

香道、茶道、花道……道无处不在,更爱与不俗之物结缘。凡称道之事,如同达到上上签。

道源自心,那是大爱之道;道出自然,那是天地之道。

道,不仅是雾后的深邃蓝天,烟波尽头缥缈成点的航船,还是深思熟虑后的行动,行动中的禅定再梦……

自古有悟道者,但若想把道说得完全清楚明白,不是吃错药,就是入错道!

人生是一场寻道之旅，朝闻道即死亦不悔。可道并不藏于遥不可及的星系，它或在眼前的翅翼上，或在路边的花蕊里。

所以，布道者不是仰望的姿势，就是低首的姿态。人是天的宠儿，又不想被天宠出毛病，故开出良方：天道酬勤！

神

对那一抹花影，看怔了，看呆了，以为是你在阳光里的化身，尘世里的显影。

你不只在花草树木中，你无处不在，因为有人的地方都需要你，自古都有许多人想和你对话，对你膜拜，向你祈愿……

或许，你更多时候，在天上、在地下、在水中，不让人轻易看见你。你借助天上云、地下根、水中泡，传达追随者所需要的喻义、启示，或者给他们精神食粮、心灵慰藉。

我想你更多时候，是在朝霞的光中、夕阳的心底、子夜的梦里，以便即时出现。你有固有的光环、精制的心药、特别的梦纱，专门为诚意者刮骨疗伤，使他们脱胎换骨、展露新颜。

你神通广大，法力无边。人们发起战争或倡导和平，毁灭爱情或巩固婚姻，撕毁诚信或坚守道义，都说是你的授意。

人们记住了情与恩，却也忘不了恨与怨，问风问雨，最后还是扪心问你，找你在寺庙里被供奉的姐妹与兄弟。

光明从黑暗里生出，污泥中产出圣莲……你和所有的神，一样缄默不语，只任人们自己领悟，让人们自己做自己的神！

统领人的人是王，统领神的神是心。

每个人若用心，便能统管好属于自己的大小诸神。

或许，这是人间大道，如风扫落叶不留印痕，正如你所愿，神在凡间，还时时在眼前。

佛

星星在高处，巧笑眨眼。佛在次高处，低眉含笑。

凡在高处事物，大多里外干净，不仅慈眉善目，而且内心涌着喜悦，给人温暖的力量。

这多像那些德高望重的老艺人。

原来，佛不仅在天上，在庙宇，也在凡间，在身边。

顽皮和尚会笑说：佛在心头坐，酒肉穿肠过。但他们除了有点贪食，一旦念起经来，还是像模像样，唯恐对佛不敬。

诗人们爱写这样的句子：看到了天边的神，把佛请进心中。于是在躁动中，凭着对佛的印象严于律己，无数次地放下内心的屠刀，立地成佛。

痴心不改，佛性练就。越来越多的人，把愁容交给天空，把笑容捧在手心……

佛是仪表的镜子，灵魂的校正器。人心不古，佛法无边。佛为人而存在，人为佛而传承。

荷叶上一粒晨露，穿过树林的一缕霞光，你回眸给我的一丝微笑……美的、善的，有形无形的雕塑，于我都是佛的化身！

碑

我不羡慕你的金墓，你不眼红我的玉碑。

每个人，都在生活中收集锦句，在日子里讲究修辞，时刻准备书写自己碑上的墓志铭。

是写成光明的箴言，还是黑色的忧伤，全在于自己的努力与前进的方向。

天地明丽，人世苍茫，短暂的一生，想要树碑立传，就要为后世立下丰功伟绩。

石碑，水泥碑，不如口碑。碑文留在树上，留在纸上，不如留在心中。

风雨里，战火中，大写的人、赴死的英雄、就义的烈士……他们立起的丰碑，成为人间的灯，令一代代人肃立仰望。

人，有多种；碑，有多样。碑为人存在，人为碑而活。

其实，活着的每个人，都是一座碑，只是有的已布满尘垢，有的正在闪光。

（刊发《国防时报》副刊，2022年10月15日）

笔

给你一支神笔，如果你天马行空，写人间难以读懂的文字，那将辜负了赠笔者的本义，伤害了笔的感情。

给你青春，如果你大笔一挥，把日子浸泡在灯红酒绿中，让大把时间随风飘散，那你就没读懂生命的颜色，你为未来预购了后悔药。

笔有灵性，是手的使者，心的神灵，应得到手和心的爱护与尊重。它不仅记录柴米油盐，描绘人间百态，它还谱写命运的交响，展现精神的图腾。

所以，面对自然的晴空，面对爱情的白纸，面对生命的画卷，持笔当有义，下笔当有神。

在历史的云烟中，掷笔而去，我们看到的是愤怒的背影，一个王朝在滴血。

在岁月的长河中，笔下春秋，我们看到躬耕前行的航船，托载出智慧的太阳。

你是仙狐，你有来生可挥霍。我是凡身，只有今世短暂拥有。我不羡神笔，不持大笔，虔诚捧秃笔一支，只管在风雨中奋笔疾书。

跟时间赛跑，我无法气吞山河，我只想书写出我胸间山河的华美与壮丽，在璀璨的星空留下不朽的诗篇。

（刊发《国防时报》副刊，2022年10月15日）

灯（一）

灯红酒绿会忘记，唯有记忆最难忘。

记忆中那盏小油灯，放在灶台上，映照着母亲纯朴的脸，也照亮了孤寂的日子，平淡的生活。

我们把不灭的灯，让位给了日月星辰，其实亮在心中的灯，才陪伴我们走过无数个黑夜。

小油灯，在眼前的繁华大都市里早已难寻踪影，可它桔黄色的灯晕，总在梦中随风摇晃，晃成一朵朵美丽的小花，又像满天星一样，沾唇抚脸，直到最后竟如温情的手，把睡梦中的人逗得笑醒。

匆忙的人流，闪烁的霓虹灯；宁静的村庄，安详的小油灯……它们的位置、环境、形制、光度，形成多么强烈的对比，就像宫殿里的华服公主和乡野里的素衣少女。

可多年了，公主的形象只在眼前如流星一闪而过，少女的倩影却一直在心头的净湖中荡漾不息。

原来，记忆中难忘的灯，是爱的眼睛，它深情凝望我走过岁月的沧桑，还要陪伴我到生命的尽头！

（刊发《海口日报·阳光岛副刊》，2021年4月14日）

灯（二）

一盏白炽灯迟疑地熄灭，像一颗灵魂不甘于死亡，在它释放的最后光芒中，恋恋不舍地回眸。

总有粗暴的手，在平静的时间里，不经意地掐断灯的脖子。

那"咔嚓"的判决声，被白天的喧嚣淹没，在夜晚却如惊雷，轰散神思远游者的清梦。

灯光照亮的地方，文字飞翔着翅膀。周边的灯影，如春天的栅栏，呵护着心的希望，不经意地温暖窥视者的眼睛。

光影黯淡后，仿佛仍有辉煌的足迹，留在原处，力图证明灯火的存在。

看月光，一遍遍地抚摸那些失去温度的窗台和书本，像是要唤醒沉寂在历史深处的灯。

读懂人间如黑夜般突然降临的死后，更加珍惜如天边旭日般灿然升起意外的生。

（刊发《东方文学》，2023年第4期总第61期）

（刊发《鄂州文学》，2023年秋季刊总第5期）

帆

云是海天的帆，帆是天海的云。

帆，写浪花中的传奇，抒波纹里的诗意。

当你披星戴月，被劳碌的工作缠身，你需要想起远方，更需要想起帆，让浪漫之水把你的灵魂包围。

你见钱而不眼开，见利而不忘义，你淡然入世，处事不惊……你精神充盈，什么也不缺，但你还需要迎接帆入心海，让它在你平淡日子里拓展绮丽的想象。

帆，驮去的不是柴米油盐，但可载回鱼虾满仓；帆，捎走的是愁云惨雾，带回来的是热风喜雨。

扬起生活的帆，你永远是年轻的水手。

读懂古诗词里的帆影，你就是现实生活中的钓翁。

当爱的浪花扑来，情的风帆轻摇示意……

当暮色如期来临，鸟都已归林。你从我青春的窗口走过，你便是我眼里不变的帆。岁月可以老，红颜永不褪色。

我小心翼翼，把你收拢成我心的模样。

（刊发《东方文学》，2023年第4期总第61期）

气

气在息的呼吸里，息在气的血脉里。

气息是每个生命的珍宝，气息也是识别不同生命体的法宝。

一气之下，或干出天大傻事；一怒之下，或替天行道。气是怒的前奏，怒是气的狂风。气和怒也常常命运相连，并会在一念之差中，缔造出截然不同的结果。

人生在世，奋斗是主旋律，一息尚存，探索不止。

世事人心，公道是一铁律，如有违常理，怒发冲冠。蛮横霸气者，骄奢淫逸者，所依凭的权的靠山、利的金殿，会在岁月冲刷中塌毁，化作历史的几缕云烟；英雄豪气，凛然正气，所编织的爱的花朵、义的珠佩，会在时光的浸润中越发闪亮，鲜活在人们永恒的记忆中。

气韵流转，是你青春枝头的芳华。

我卑微的生命，有着气吞山河的因子。

那么，让你我牵手，气息相通，如并蒂莲，共享一片水域的清心，走进同一缕霞光的梦境！

骨

天空由什么骨架撑起，这应是永恒之谜。

大地无骨，在我们眼前平铺而去，一直远到天际。

山铁骨铮铮，不断攀高耸立；水柔弱无骨，无限温情地缠绕着山体。

阴与阳，硬和软，武和文，强与弱……总是有对应，才有和谐，就像天圆地方，就像骨肉相连，就像你的义我的情！

你喜欢骨，青睐骨感美；她偏爱肉，崇尚丰腴美。你说你有骨气，她说她有志气。你说你是大写的人，有皮、肉、骨；

她说她是路边的树，有骨、肉、皮……可世界不跟你讲道理，只跟你说存在。

存在即合理。就像一块老骨头不能轻瞧一块碎骨，一粒骨髓可生长成骨的图腾，成就一个生命体的风景。

骨不是火，但它可热过火球；骨不是冰，但它可冰过钢铁……

骨不是独立存在，如果它是王，它就有以筋组建的精锐部队，还有血肉相连的百姓！

最终都消逝，只留下骨，作为灵魂的样本，就像古人留下骨针，来挑历史的刺，让后人用思维的线，织就人类绵延不绝、时看时新的天空！

（刊发《国防时报》副刊，2022年10月25日）

血

血浓于水，但血淡于泪。

血在天空奔涌时，以霞的形式；泪在大地肆意奔流，以河的姿态。

霞光涂抹脸庞，感觉依然离我们很远；河流水声入耳，像是要穿过我们的胸膛！

最后一滴血，是夕阳挂在树枝上。这激发了我们无穷无尽的想象。历史上的战争烽火，刀光剑影，将军武士，一幕幕，一个个，都归于大地的寂静，他们的血染红了天空，但很快如那一抹残留天际的霞光，随即被黑夜覆盖。

唯有如泪的河流，流淌古今，蜿蜒深山平原，如泣如诉，如哭如歌，永不歇息。

血不断地喷洒，如火把，照亮历史前行的路；血短暂地绚丽，炫成美丽的花，生动了人间一度沉闷的土地。

热血的鸟鸣让我回到现实，我依然在水中清洗双手，就像反复清洗奔向未来容易蒙尘的心，泪无声地滴落水中。

历史可以把微不足道的我遗忘，但我依然坚信：血没有泪多，血光小于泪光！

旗

如果说人生是一场战斗，你就是自己的旗。

你挺立在硝烟中，旗帜在风中猎猎；当你倒下时，旗帜也将溃败。

人和旗同命运，旗和人共存亡。生死相依战友情，在战场上生动演绎。

人要旗懂，旗要人爱。旗和人都需要不屈的精神，都需要顽强毅力，都需要跌倒受伤再爬起来昂首的勇气。

看蓝天下旗帜招展，高高飘扬，那是昂扬的人生；瞅大地落叶翻飞，尘如泪泣，那是晦暗的生活。

说百姓心中有杆秤，你自己心里也该有杆旗。旗语即心语。

朝霞中冉冉升起的是旗，也是希望……

当你用内心鲜艳的旗裹身，走上辉煌的舞台，每一步都是胜利的注脚，每一丝笑都是英雄的自豪！

（刊发《国防时报》副刊，2022年10月25日）

（刊发《鄂州文学》，2023年秋季刊总第5期）

魂

不在四季的更迭中，不在日子的黏合处，不在日夜的夹缝里，而在骨与血之间，在灵与肉之内，在情与爱之中——

反复上演不同主题的灾难大片，无论多么艰险，需要拯救的都是灵魂！

灵魂得以安放在天堂，脚步在人间方才如泰山般稳健，身子奔走尘世或如鸟放飞空中，也会倍觉安全。

古代人漂泊，愿叶落归根，在诗词中反复追问自己：魂归何处？现代人流浪，爱放逐梦想，在车轮上不断叩问上天：魂游何方？

其实，阳光下、叶片上的水珠，往往就是我们的灵魂在闪光！是让它在物欲的炙烤中消耗殆尽，还是引渡进精神的河流与汪洋？

拯救灵魂，不是生命强加的理想，而是自然赋予终身的使命。

洪水预警要留意，寻找高处来躲避。灵魂一旦失踪，灾难旋即到来……身体可以低于尘埃，灵魂必须在高处歌唱。

因此，长夜漫漫，月如魂，需要你生活的双手作托盘，需要无尘之心作礼物献祭。

（刊发《红山晚报·文苑副刊》，2019年2月21日）

（刊发《诗人榜》，2020年第2期）

铁

铁血男儿，这是我对铁的全部认知。你说铁器时代，炉火比太阳还红，以铁铸锄铸犁，铸刀剑还是枪炮，都极尽人间想象力的美妙，一次次有划破天空的光芒……我都认为那只是历史事件，是人类进程中必然的偶然，不值得大呼小叫。

铁，越磨越亮，当铁棒磨成针，那针是意志的珍宝，勤奋的见证。

一旦弃用，锈是越生越厚。那锈，是岁月的斑，是生命消隐后的尘土。

铁只有走进骨肉，撑起男儿的腰板，才有人的崇山峻岭，可供仰望与凝视，战场上，才不是乌合之众，而有英雄诞生，历史也才有传奇书写。

凡铁与生命相融，生命如虎添翼，铁也才真正焕出应有的生命的光泽。

在精神缺钙时，我呼唤铁，如同要涅槃的凤凰呼唤火。

当城门重启，有铁环的脆响，那应是梦中最渴求的音乐。

好男儿一生，从头到尾，都应是铁血时代！

（刊发《国防时报》副刊，2022年10月25日）

美

清晨楼上的电钻声，并不产生美，只产噪音，但若把耳朵聚焦在月牙尚未完全退出的天空，或许就可听到星月互道再见，美感便如甘霖普降。

人间并不缺少美，缺的只是美感。

对于人来说，美可以来自外貌，来自心灵，但美感却来自细胞、骨髓。

那第一眼便爱上的飞瀑，那碧绿如蓝宝石的潭，那似水如云缠绵山尖的白云，那画屏般立在山水间的村庄……无一不美得令人动心，令神倾心。

伴随种种美景而起的美感，却更长久地储存在记忆中，若如电影般回放这些仙境，会感觉自己就是美的掌控者。

美术家、美工、美食家、美餐、美容师、美发师、美图秀秀……对人对物对事，人们都天然喜爱以美冠名。

美是属于他人，属于大众，美是流动而非静止的，美可以是短暂的也可以是永恒的，美拒绝一成不变！

一朵路边的小花，在失意者的眼中，是黑色的寓言，在得意者看来，是意外收获的太阳，抑或就是情人投来的眼神。

美可以追求，但无法完全据为己有。只有美感可以贴上个性化的标签，由自己做主。

你想做一个美的人，不如做一个富有美感的人吧！如那风中树、太阳雨……

（刊发《鄂州文学》，2023年秋季刊总第5期）

静

如果你是一棵小树，无论在路边，还是在庭院，风都让你心动，只有雨可让你静下来。

在雨的吟诵中，你静如一根绿色的针，插脚泥土中，用无数叶片的耳朵倾听。

风雨过后，阳光落地，没有想象中的脆响，只有放大蚂蚁的足音，才能听到阳光新鲜的呼吸。阳光一寸一寸拂过你的身子，潮音如诗。你在社会的动、内心的静中成长，你曾担心的一场场考试后的风暴，并没有砸弯你的腰，你忧心几个世纪的天也一直没有塌下来，那些比你高的树，还手捧蓝天露出了微笑。

现在，你这棵栉风沐雨、光照充足的树，中年的年轮里开始爬进老年的斑。远去的传说开始折返，童年的呼唤开始响在耳畔……

你却更想独处一隅，享受静寂。曾经躲避的隐居，竟成一种炫目的诱惑，一如壮年时渴望的大餐！

静如处子，动如脱兔。平淡的一生，竟然也是一条动静相宜的线。

动是风，静是雨；动是光，静是影；动是生，静是死。

当天完全黑下来，所有的树都静如熟睡的婴儿。深夜的月光，如一双双母亲的手，温情地抚摸。就像静水深流，无边的静中，流动着内涵丰富的歌！

看

用眼看人，用心看天地。看人收获人心，看天地收集人影。眼与心同轴，天地人一体。越看越有味，越看越会看。看高楼为参天大树，就生活在森林里；看群山为高楼，就生活在都市中。看花开，未必要看花落。看团聚，不必看离散。

看日月星结盟，看诗书画一家。看差是强的来路，看坏是好的末日……

一日看尽长安花，是古人的自豪与浪漫。一夜看尽悲喜剧，是今人的喜好与创举。

看圆月移过东窗，穿过一团白云，把一路风声洗过的清辉，铺设在湖面的清波上，如同为玉衣缀上一枚枚金珠。

看你把积攒的笑容，用手捋下，撒进酒里一饮而尽，肠胃里回荡着泉水般的笑声。

人心不闭，天眼会开。看沧桑世事，缔结花朵。看悲欢离合，凝成琥珀。

看多了险象环生，每一脚落地都有意识地不踩痛阴影。看多了湖光山色，每一次对镜都感觉眼睑上居住着大自然。

多看蹦跳的孩子、冲刺的少年，或许心一直是十八岁，容颜也会由老返青；多看史海风云，刀光剑影，或许悟性拔节，智慧增生。

能看的拿眼看了，不能看的用心看了。世界万物虽不都归你，你却拥有想看或不看的至上权力。

唯一遗憾的，是看不到自己生，看不到自己死。生死大事，只有他人可看。

（刊发《红山晚报·文苑副刊》，2019年3月14日）

酸

不用眼睛越过一水又一水，而用身体爬过一山又一山……

当我站在新的高度，迎风呐喊出的自豪，是青涩葡萄一样的酸。

成长就是甜，未熟就是酸。

人生如四季，四季味不同。少年甜，青年酸，中年苦，老年辣。

夏天是昂扬奋斗的季节，也是未成熟的季节，满枝头挂着酸果，发着梅雨隐隐闪亮的光泽。

我把燃着曙光的爱情诗，邮寄到你烛光摇曳的婚姻殿堂，呈送眼前的，其实就是一枚沾着草露的酸果。

我在你高朋满座的华府，发出一段带着小河怒吼的阔论，其实也是捧出了一把来自山野的酸果……季节的分隔，眼界的限制，学识的不足，经验的欠缺，让我胸间酸潮汹涌，而又心痒难耐。

我用手一遍遍抚摸年轮上的油脂，用口一次次抚慰伤口上的疤痕，用梦一番番地把枝头笑迎蓝天的酸果孵甜。

期待稻子成熟低头的秋天，落叶满地，金果满盘。酸气消弭，香气扑鼻！

甜

先苦不一定后甜。说甜，是给正在受苦者以希望，给将要受苦者抚慰。

糖不一定甜。加糖，加的是一种催化剂，添的是一种引导性的感觉。

甜，不仅在舌尖上，不仅在心尖上，也在阳光思绪的风中，也在个人时间的河里。

笑靥，写的是幸福，荡起甜的波澜。笑泪，溢出内心的快乐，可品它贮藏的蜜汁。

苦和糖可成甜的器皿，笑与泪可成甜的佐料，由代表时间的生命发酵……

一生一世，酿成的一杯香甜的美酒，是可高擎在谁的殿堂，抑或敬酒在谁的坟头？

死属于个人，生为了别人。甜，往往不为自己。

苦

没有你的梦，都是噩梦。不见你的日子，都是苦日子。

鸟兽在刺骨的寒冷来临前，纷纷选择冬眠。人类是否可以在冰枪雪剑般的伤害来袭时，将身子连同情感深藏，等春暖花开时重新露出地面发芽？

无法抵达的彼岸，成为隐痛。尚未实现的心愿，只能苦盼。

苦是一个圆，哪个点上都是酸涩的滋味，每一条直径都是阴影。

对于能吃苦者来说，苦也可以是甜饼。它的背后，是火炉般的暖，散发着精神与力量的芬芳。苦乐年华，冷暖人间。苦和乐是岁月之树上的两枚果子，一起在光中摇晃着虚与实，一起在风中摇曳着骄傲与自豪。

摘果子的手，往往不能由心来决定。是苦是乐，却完全由心来裁决。

当世界走到尽头，冬天的雪莲花就是飘香的迎春花，噩梦也是美梦，能再过过苦日子也都是好日子。

苦是遍布肉体的神经，它最先感知筋与血的四季与晨昏，来自体外的是有情的火还是无情的冰！

辣

辣是日子的调味，生活的重口味，人生的欲说还休。当眼泪无声地流出来，无关悲喜，而是辣如雷，震动了五脏六腑，打通了所有经脉关口，感恩沉疴除去，生命的血液贯通流畅。

天空的蓝是甜的色彩，白的云朵是梦的羽纱，用眼睛神游天空攫取云朵，内心激昂，想唱一首辣之歌。

为自己鼓掌的，是那无声泪之流，是那与日子和生活、人生与生命相关的花朵，静静在一个人的世界灿然绽放。

不甘于寂静、平淡、平凡、庸常，要奔跑、奋进、奋斗、向上，面对岁月大餐，只需蘸一口芥末，让这辣根强烈刺激，催泪、喷香……一切便如雨后彩虹，万般美妙！

人生百味，辣当成终身伴侣，它是永葆青春与激情的永恒秘诀。

辣出泪，泪光里的笑，是气息的波澜，生命的甜。

泪

泪不和笑比，只和水争。

泪不是化了糖的水，就是加了盐的水，它是水的另一种存在。

情人的泪，如江河汹涌，可撼动高山的脚跟；亲人的泪，虽然只从心泉涌出，却能打湿整个天空。

水可斗量，而泪无法计算，也无法估价。

我们常常看到满天星光照耀的地方，还不如一丝泪花闪亮。

真正的爱，类似骨肉，拥有水的生命，却是泪做的。

如果还情，不是还你忘情水，而是找回千年的伤心泪。

遇到天崩地陷的事，站在风中，不是欲哭无泪，而是泪已在心海殉道。

那年，你咬紧牙，转身，坚持不在他面前流出一滴泪，而伴随他身影远去的青山、河流，都听到了你泪滴尘土不断砸出的声响……

少时，泪是挡不住的河；满格的青春时，也会泪如雨飞；而走向老年的泪，越发含羞，从不在阳光下迎客——

它只在寂静的深夜，与枕巾连绵私语，往往令天边的泪水无声地涨潮。

（刊发《世界华文散文诗年选》微刊，2019年9月17日）

笑

隐藏在骨子里的笑，就像隐居在小巷深处的人，感觉不到冷，也感受不到暖，但见不着，总有隐隐地想。

因多情而笑他，那花草树木也都笑了。洒落山路的树叶，是旱龙游走时笑落一地的鳞片。

笑是桥梁，驶过欢乐的火车；笑是彩虹，连接海天的胸襟。

有哭的泪人，就有笑的达人。有泪洒前路的风，就有笑到最后的雨……风中人，雨中神！

笑可藏匿一些过去的故事，也可点燃走向未来的激情。

孩子的笑如纯净的泉水，又香又甜；老人的笑如和煦的阳光，走进黄昏还在回望。

把你的一团笑靥，如花藏在心窝，不仅能温暖自己走过人生的冬天，还能顺手采撷到春天的幸福之果。

怕只怕，一个人的生活不完美，引来一群人的指点和偷笑。

当太阳背过身去，月亮尚未迎面走来，眼前的暮色，便成为难以承受之重！

渴望心底的笑，真诚释放；更期待友好的手，连接星球。

（刊发《红山晚报·文苑副刊》，2019年2月14日）

（刊发《东方文学》，2023年第4期总第61期）

咸

提起你，就想起蔚蓝的海，无边的浪，牙根就咸成白花花的盐。

从前的人，为力气，尽量多食盐，甚至白米饭撒盐巴。如今的人，为养生，总是少放盐，甚至鲜汤里省略盐。

人生五味，甜被青睐，苦被推崇，酸和辛（辣）也有座次，常被遗忘的是咸。这就像生活、生命少不了盐一样，但盐却常坐冷板凳，不得大方地待见，不在殿堂，只在厨房。

可劳动的汗水是咸的，是盐的结晶。那一枚枚勋章闪着太阳的光芒，也如盐花一样晃眼……

咸是岁月的果，孕满人生的况味。咸深藏于生命的海，必要时才以盐的形式展示。

当扬帆时，只想破浪，不曾想凝固的盐会阻碍航程。当拼搏时，只想胜利欢呼的一刻，不曾想汗珠儿落在石板上砸出火热盛开的盐花。

咸，是隐者，不在荣耀的前面，只在人群的背后。而当一滴泪的涩，挂在眼角，一滴汗的咸，滴进嘴角，你会大海潮涌般想起盐，想拥抱盐，亲吻盐，致敬盐。

这一刻，全身心要赞美的，便是默然无语的咸的滋味！

垦

犁铧与泥土相爱，水花飞溅如歌。

一片处女地，也可看作连绵群山。

曦光中的朝霞洗去昨夜的汗水，内心的荒芜被清亮的晨风灌满。

动荡是海上的帆船，沉稳是岸上的脚步。

总以春天的心情和动作，在爱人的心田上开垦与播种。

人间的沧桑都收集在年轮上，年轮如树冠，可视作绳索，也可视作花蕾。

赞美自己如犁铧，晨昏自然过。

行迹处，数不尽的爱的涟漪，醉倒天地和梦中的她。

（刊发《红山晚报·文苑副刊》，2019年2月14日）

窥

天空知道大地在窥视，不断招募各种云朵来做门窗和屏风，将身子尽可能地朝深远处隐，并借朝霞夕晖涂唇和腮，还在夜晚请星月妆饰眼睛。天空不再一览无余，而是越发神秘诱人。

大地也知晓有天空和飞鸟在窥视，让群山撑起华盖旋起舞姿，让万家灯火点缀黑色的衣襟，让纵横交错的道路吹奏乐曲。大地不再僵硬呆板，而是既刚强有力，又富阴柔之美。

天地一直在互窥，天和地上的物也一直在有意或无意地互窥，就像雷和电的呼应、风和雨的对视、诗和词的唱和。

无窥，便无动力，便无故事，便无精彩，便无世界。

画家作画，是将眼或心所窥之物再现。而观画者，将画家及其所窥之物一同窥视。而时间和岁月，又将这不断改变和增添内容的画卷打包、收藏或销毁，同样以从容窥视的方式。

窥视成为物与物、人与人、人与物、甚至人与神之间交流的黄金手段。它有物质，便永远存在；有光，就永不生锈。

爱情没来时，我活在众多情人的窥视中。爱情来袭时，我活在一个人的窥视中。有一天爱情消亡时，我也将失去窥视的本能。

在天窥地视中、在物视人窥里，各种喜与忧、爱和恨，才会活色生香，价值连城。

听

在三亚南山景区，站在广场人造回音壁的中心石上，站成一尊阳光浴身的活佛。

面对一百零八米高的南海观音，说"菩萨保佑"，果然有回音："保佑，佑！"

吉祥之声如阵浪拍击耳膜。相信，这愿言也被无边大海打开的频道收集，并由风之手在万物间传递。

观音低眉，你也低眉，佛之间不宜对眼，宜彼此听心。

真正的回音，应是心声。

面前的佛，汲取信众的灵。佛身后的海，吸纳人佛共用的天光。

大海，广纳天地人间众生和神灵之声。它的回音，何处找寻？

盲

河流从深山奔流到大海，只为掀起滔天巨浪，发出震耳欲聋的轰响，那是华彩的乐章。

太阳从东跑到西，只为扫光阴影，把天地腾给月亮，让心仪的她，绽放光华，这是爱的希望。

河流有眼，不盲，一生勇往直前。太阳有眼，不盲，整日奔走，从未走错方向。

可是，有眼的盲，也无处不在。窗外的树是风景，却常被窗口的眼睛看成遮挡了远天的杂物或荆棘。

你若不哭，泪淤积成水墙，就挡住起落的太阳，看不到明媚日光下的繁华市井。唯让奔放的泪水，把睫毛的栅栏洗亮，奇异的世界才会重新开放。

你若不笑，心底的月亮无法捧出，就算把白天置换成了夜晚，也收获不到月上柳梢的浪漫。而让开怀的春雷激荡开心空的乌云，满面月晕的星光，才能对接上渴求的眼睛。

盲者，有形而无神，或许心在寻找宁静的港湾。伪盲者，也在看天地人，或许身已游离红尘外。

盲人摸象、盲目行动，不是盲人之错，是刚愎自用的风，抵挡不住疯狂的诱惑，导演悲剧的序幕。

看过了无数的盲与不盲，才知生活的每一面，或许都有盲点，隐藏着危险的漩涡，也掩盖着秘密的通道。

走过高山与平地，才深知人生苦短，当有所为也有所不为。那不为之处，便是你自行设计的盲区，也是刻骨铭心的雷区。

不越雷池一步，避免毫无意义的粉身碎骨，擎起自己的大旗，在无限的时空，力争完成有限的不朽。

在一个雷雨交加的夜晚，你终于看到闪电照亮一棵大树的眼睛。它一直目中无人，原来一直朝向深邃的天空。

情

友人、亲人、爱人，在人间、在天堂、在梦里、在梦外，在过去、在未来……在何处、在何方，都不能没有你！

你是生命中分量最重的一个字，是温暖之光的源头。

如果没有你，纵是艳阳天，那人也如同走在凄风苦雨中。有你同行，哪怕艰难行进在冰天雪地，怀揣希望的心，也始终有炉火依偎，冻土会在眼前开出雪莲的笑脸。

但你也是双刃剑，多少因你而起的流泪事件，打湿了信笺、邮件、微信朋友圈，多少因你而生的流血故事，震颤了书本、荧屏，也染红了天边！

终有一滴泪，挂在你的眉梢，如草尖上鲜亮的露珠。

终有一缕笑，点红你的玉腮，如晚霞贴在西天的面颊。牵你，以时间永恒的名义。

就算天堂在明天走失了背影，你也会在后天于凡间重生！

谋

纯洁的爱情，是一场高尚的阴谋！

客观地说，所谓智慧、创意，包括营销，都是一种阴谋。当然，有善意的阴谋，它们不一定与诡计接轨。

阴谋，在许多时候，需要被加上引号，或说它应纳入中性词队列。

世界若无"阴谋"，人类便无进步，或说就没有美妙的事发生！

已是深夜，一个人还在对天，这样喃喃自语，畅饮泼洒在脸上的雨。雨如酒，把他浇成了雕塑。

有人说，大地也失恋了。还有人说，这就是大自然的一场阴谋。

（刊发《儋州文苑》，2022年第1期总第459期）

快

时光列车，赶上只剩最后一分钟登临。情感之路，瞬间打通最后一公里。

茫茫黑夜递过来的欣喜，会如清晨满天朝霞，任性涂抹前进脚步溅起的每一个音符。

通往预定目标，有加速的急迫，也有怀疑的犹豫；有遇红灯的暂停，也有正顺风的惬意。

人间，岂能只有一个快字？但是，快出手，快上路，往往大快人心！为身预留时间，等于为心筹备盛宴。

快意雄风，并非只有海上来。在生活的每一个角落，都存在闻风而动的哲学。

在我未走向悬崖之前，请你快快拉住我的手。在你未蜕化成蛾扑向火海时，我就快快晒出微笑引诱你回头……

可闪电不是快的代名词，鞭痕不是记忆的入口。

生命，只反复论证一个主题：一出生就开始和时间赛跑。尽管没完没了，调匀呼吸才是最高的哲学。

学会和万物相处，物是人的忠诚参照物。

一旦物呈幻影，快与慢按下停止键，整个身和心便消弭于无边的黑夜。

（刊发《阿坝日报》副刊，2023年12月25日）

行

必须有一次远行，心才回到心的位置。

车窗上的"吱呀"，车轮下的"嘤嗡"，应是车外连绵不断的风之潮上的浪花滴落之音，有起伏的节奏，有探秘的引诱……

诸般声息，就像依次展露的远山，以天地为T台，它们不断转身，不断牵走好奇的目光。

暂时屏蔽听觉，瞥一眼夹道的绿树，发现他们都是着青衣毕恭毕敬的人。

闭目养神吧，让思绪飞扬到云端之上，它却如放出的风筝，终究又回到原点。

旅途中看书，能看到文字背后的江河湖海静谧幽深；行旅中阅人，能阅到堤岸之外的江河湖海汹涌不息。

邻座带烟味的攀谈，不是噪声，是行云流水的梵音。窗帘上跳跃的阳光，不是杂草奔腾的纷乱，是花朵次第盛开的点缀。

心未出轨，平凡之眼也能看穿繁杂事物，包括事物本身无意间摒弃碎屑般的美与魅。

情在现场，时光没有白流，被紧攥在手心，像窗外沿途的飞鸟，不断发出酣畅淋漓的呼喊，一如我快乐的呼吸。

（刊发《阿坝日报》副刊，2023年12月25日）

慢

心是现实的窗。当你想慢下来时，狂风也变得温柔，滚滚红尘置换为世外桃源，闲言碎语变成轻歌曼舞。

现实是心的锁。当你想让时间慢下来时，岁月之表反而跳得更快，日月星辰仿佛燃油之灯，生命的光线越来越淡、越来越暗，直至寂灭无声。

生死可互换，老少可相融，生活就是神奇的万花筒。急着出生、长大、成功，是年轻前的心态；慢点吃、睡、梦，是年老时的名言。

人生就像一个天平，一端称的是快，一端称的是慢，两端都有巧遇风雨雷电、秋霜冬雪而倾斜的时候，需要用心调整感情和智慧的砝码。

你说，快是慢的前奏；我说，慢是快的结果。他说，快是影子，慢是正身；神说，真正能体味到乐趣的，不是快的部分，而是慢的节拍。

祈愿生命旅途慢如老牛，却未料到时光竟快如闪电。期望在人潮里快出手，却发现在商海中慢三拍。

快与慢是辩证法，是一个硬币的正反面。

享受快节奏，是想让心跳里抖出大于恶魔的天使。追求慢生活，是想从皮囊里找出另一个精彩的自我。

（刊发《阿坝日报》副刊，2023年12月25日）

回

"回"这个字，在现实生活中，无处不在。只是常为变形的状态，不留心，不能轻易看见或发现。

眼前一张椭圆形的桌，围桌坐了一圈人，这就是"回"。如果这圈人不走，这桌这人就构成了一个永久的"回"。

这些人要是都走了，那留下的桌和这间房子，又是一个"回"。只是大了一号！

假如搬走了桌子，这剩下的空房子，和它所处的大院，也是一个"回"。只是更大了一号！

那么房子若被风吹走了呢，那空空的四方院，就和近菱形的城，再组成一个"回"。这次，"回"的型号就大得需在空中看，像鸟一样俯瞰。

倘若，空院被拆除了，那么依然生动鲜活的城，就和天地组成的圆，又结合成了超大的"回"。这下，天眼也没法看，需要到天外才看得全。

如此，人也好，物也罢，永远在回家之中。

但谁也难说，可以真正回到家。客观点说，应是一直在回家的路上。

而且，一路上，层层围拢而来的风雨，若隐若现，连绵不断。

风雨中的回字经，一辈子得念！

路

当你冲破云遮雾罩，想走大路时，无数条小道抛洒面前，交织成曲，明媚如歌。

路成网的代名词，笼的化身，是要挣扎成鱼，还是要委身为鸟，已经不是选择的问题。小道成钻，戳心穿肺，把肉身晾挂生活的晒场。所以，有水无水，鱼均不能闭目，面对天空，鸟也无法振翅。

直到黄昏来临，走在路上的人，自己也迷惑：是人降伏了路，把路踩在脚下，还是路俘虏了人，连同影子一同捆绑？

哪条路上，风雨都多。小道丛中，还多隐藏虫蛇。

重返大路，已是不二法门；如弃沙子，把小道踢回丛野。

远离枯藤蔓草，拥抱大树朝阳。

再回首，如穿过一场梦魇。大路如江河，正载你的航船，驶向更远的远方，不仅有诗，还有美酒。

小道已退隐，化作无数条簇拥浪涛的波纹。何处均有路，宽阔如胸。

（刊发《山东文学》，2018年2月下半月刊，选入《诗选刊》，2018年第6期上半月刊）

（刊发《海口日报·阳光岛副刊》，2022年7月29日）

桥

已经不能再用虹做比喻，它已陷落在尘世的烟雨深处。

已经不能走进诗意的王国，那禅意的流水、可隐居的人家，已成褪色的画。

新桥已裂缝，风无法弥补；老桥已模糊，雨无法擦亮。桥成历史的断层，在大自然的怀抱里，正裂开一条无法跨越的鸿沟。

石头的、水泥的、铁的、钢的，在城乡地带，人们双手建起一座座桥。桥多如莲花，把车的乡愁普渡。

友情的、爱情的、亲情的、象征的，在精神世界，人们的眼睛拆毁一座座桥。桥逝如哀歌，把神的青春唱衰。

你注目的是岁月之桥，我聚焦的是人心之桥。

能否伸出你的左手，交叠我的右手，重新搭建梦想中的闪光之桥？

生命如水，生死如桥。生是桥头，死是桥尾。

穿桥而过的，除了风，还有生生不息，永远不死的灵魂。

（刊发《山东文学》，2018年2月下半月刊，选入《诗选刊》2018年第6期上半月刊）

人

站成树，玉树临风。站成钟，警钟长鸣。

每棵树，相信自己青春不老。每口钟，自以为是别人的镜子。

朝前看，可见路的蜿蜒，天的高阔。

回首，也知情的牵绊，家的温暖。记忆如敬亭山，互看两不厌。

面对生，有庆幸的欢呼；朝向死，却有逃避的嫌疑。

夕阳已在燃烧，依然渴望置换成朝霞。

风雨，都在经历；生死，缺少训练。

都市只见楼阁，不见坟墓；丧生，只闻哭泣，难闻欢笑。

活人与死者，难道不能共享阳光同照，不宜同饮月光的美酒？身边的死，可以给更多的活以启示！

生活，晃成了花瓣上的一滴露珠。看，每滴都在闪光。

人，终将为土，是自然的宠儿。

身，或将成碑，是大地艳丽的花朵。

（刊发《山东文学》，2018年2月下半月刊，选入《诗选刊》，2018年第6期上半月刊）

附　录

一字为题，诗意汪洋

——彭桐散文诗的艺术特色及个性密码初探

季川

　　这几年，也陆陆续续读到诗人彭桐的一些散文诗作品，很有感触。他是安徽人，却工作在海南海口，职业是新闻记者，且获得过"全国优秀新闻工作者"的光荣称号，可见他的新闻工作多么出色。闲暇之余，作为诗人的彭桐，非常钟爱散文诗的写作，也发表了大量的作品。这次我集中阅读了他一字为题、极具个性化的散文诗，非常真切地感到了一个真正追求诗歌艺术的诗人的执着与痴迷。

　　众所周知，当今中国诗坛，散文诗的写作者，应该不在少数了，从报纸副刊到杂志，从各种征文比赛到舞台活动朗诵，似乎都有散文诗的一席之地了，可见散文诗这种文体已经渗透到我们生活与创作当中去了。

　　散文诗从诞生的那一刻起，就以精短、抒情、哲思、灵动吸引着我们的眼球，占据着我们的心灵。毋庸置疑，散文诗的唯美独特、兼容、诗意等，无一不深深地打动着我们，吸引着我们，启发着我们。

不妨，让我们一起跟着彭桐的散文诗去领略散文诗的魅力与风采吧！

日月江湖，也是人生境地

《日》所描绘的太阳，应该是我们最为熟悉不过的事物，但是诗人的笔端没有停留在事物表象来缓缓叙说，他由此及彼，深入浅出，把太阳的出世入世与人生紧密地联系在一起。从太阳的日常起居生活片段中，我们居然获得了满满的正能量。末尾一位老人的思考，布满了大片的空白与想象空间，值得回味。

日上中天，人已过中年，还想做早晨八九点的太阳，可夕阳已在召唤。

天生为日，你永远是圆的，句号一样圆满，可在人们惜时书籍的扉页上，你总是感叹号！

对应火热的生活，你是灼灼火球，你是青春激情的象征；对应苍茫的世界，你又是滴血的瞳孔，是映照暮色的剪影……

你总是那么耀眼、灿烂，不仅乐于走进山水画中，还不觉迈入黑夜行路者的梦里；你一直那么明媚、干净，不知道谁能为你妆面，谁又能为你日常保洁。也许你的能量燃烧不尽，也许你永远一尘不染，永远是时光之门的轴。

……

一位老人凭窗，疯狂地想你的传说，默念你的诗行，祈福你掌控的生命……不觉中，泪湿眼眶。

《月》的手法与《日》如出一辙，但是又有所不同，诗人的比喻与拟人，大胆且丰富的联想，令人耳目一新，收到了意想不到的视听效果。把光比喻成针、线、雨丝、花粉，属于陌生化且具有质感的语言尝试，却又是那么自然而然的灵感乍现。

你皎洁的光，是针，让人清醒；是线，把情串联；是雨丝，滋润心田；是花粉，让梦香甜……

因为你，人们学会仰望天空，学会致敬苍穹；因为你，人们懂得寄情远方，懂得把思念珍藏心间。

……

人间潮汐，由你引起。岁月荣枯，有你收集。有你，大地消失痛楚；有你，心伤自动结痂；有你，所有忧郁的眼睛都会种植阳光的希望。

今夜，学古人向你端一杯酒，瞬间便忘了自己还有牵挂和影子。没有万古愁可消解，只有亿万年的凝望，镶嵌在时间的窗口。

其他如《江》《湖》等篇章，都是揭示，在披露。是的，在天地间行走，在江湖中徜徉，是日月与时光教会了我们如何做人处事与如何规矩方圆，教会了我们如何呼吸与如何沉淀。

风雨交加，也是旅途风景

《风》在前半截讲述一年四季的季节关联与响应，而后面段落直接引申，充满了不折不扣的象征意义与新的指向，诗人表述的含义十分明显，耐人寻味，间接凸显了诗人的发散性思维与集中性概括的有机结合。

来无影，去无踪。风，是大自然的神秘巨星。

……

在季节之外，风也无处不在。

风正一帆悬，乘风破浪时，让远行的航船驰骋蓝色的大海。

风雨夜归人，让流浪的脚步回归温馨的爱巢。

有时候，风是敌人的刀，横向正直高昂的头颅。

更多时候，风是情人的手，抚摸在穿越季节过程中不断发烫的额头。

不管怎样，风吹老了岁月，吹不老心灵！

《雨》的在场感十分强烈。从天而降的自然雨同人们的心雨，形态不同，本质却是非常接近与相似。自然雨面对的是自然，而心雨面对的是人心，正所谓人生快乐的颜色是一样的，而痛苦各有各的不同。人生与自然都无法避免风风雨雨的降临与考验。是的，经历了风雨的人生，才是完整的，才是有滋有味的，才是无怨无悔不留遗憾的。

自古以来，雨是积蓄的水，更是贮存的泪。它是忧伤也是喜悦，它是心酸也是甜蜜，它是激动也是感动……

雨，自然而来，泪花晶莹，映照着人间喜怒哀乐的百味生活。

亲友故去，眼里大雨滂沱，痛彻心扉；新儿降生，啼哭雷声震耳，粉嫩的腮上布满细微的雨滴；情人转身离去，内心的天空失明，酸楚的雨在鼻尖无声地滑落；异地重逢，失散的孩子和双亲相拥，脸上和心里的雨都下个不停……

雨、雨、雨，泪、泪、泪。

在你温情的阳光普照下，我握不住风中的一滴雨，但捧住了心头的一滴泪！

其他如《地》《山》《夜》《晨》等篇章中，诗人也是一直在挖掘在剥离那些表面的东西，自然的风雨与人生的风雨，外壳好多都是鞭打及撞击，而我们的内心需要承受，需要梳理，需要自我救赎。

春夏秋冬，也是生命轮回

《岸》是辩证的一方存在。诗人非常巧妙，把父爱的岸堤与呵护，与我们渴望的眼神紧密联系在一起。岸与水，父爱与我们的依赖，都不能随着时空的转移而变异。这是自然法则，也是人生道理，两者缺一不可。

岸与水相依，如肌肤相连，是岸重要还是水重要？

有水便有岸，有岸的逶迤，便有水的绵延。是岸塑造了水，还是水改变了岸？

我本是山村里的一泓清泉，流淌进村外的小溪，流入遥远的江河，汇入天外的大海。我在滚滚奔流的人潮中，动荡、起伏……

父亲一直目送我。父亲的眼神是岸，走到哪里，我都能看见。在潜流中、在漩涡中……身处哪种逆境，我都心安！

岸不仅是风景，还是水之稳定器。岸不仅标记水位线，还是情感的记录仪。

倘若水不朽，岸会老吗？水的放纵和肆虐，会让岸倾斜和坍塌！

江河湖海，各色人等，均有自己的依靠，自己的岸。

岸有天然的、有人工的，有土造的、有石质的。岸迎向风雨，久经烈日，岸不随帆动，只随水走，岸创造了情感世界的模板与传奇。

看着父亲苍老的容颜，我停下与时间赛跑的脚步。我把手搭在父亲的肩上，就像一朵跳跃的浪花，轻抚皲裂的岸壁。

多么希望可以这样永久地轻抚。在烟波浩渺处，或许已没有岸的踪迹。但此生，我羸弱的岸需要用心修复和呵护！

《霞》的美学意味无法挑剔。在诗人的回忆中，充满了甜蜜与忧伤，似乎是对一段初恋的难忘与不舍。诗人并没有一味地叙说恋人间的如胶似漆与亲密无间，而是借霞的出现，还原了爱的本质与意义。

借你一方水域，照我明媚如画的霞光。

东方、西方，日出、日落。我并不只在天边妖娆。在你的秋波里，我更加多情妩媚吧！

你已习惯都市生活，认定非此即彼的思维逻辑，认可堵车就堵心的逻辑，最爱跟风地把痛苦和欢乐都几何式地堆在脸上……

我不能说你心里的光在消耗中减少，只乐意说你该从事物的另一面寻找更多光源！

每当我露面时，海面和林梢被染红。如果你能到我背后，还会看到，山顶和银河也有我点燃的火焰！

凌晨，为我欢呼的人多；黄昏，向我挥手的人也不少。但我痴痴盼望，却少有人与我对视。你匆忙一瞥中，我又能给什么人生启示？

山居小屋在瀑布下游的碧潭旁，探访者只见被绿树遮掩的柴门与小径，而画者却穷尽瀑布源头，以俯瞰的角度，勾勒背后那连绵万里的群山。我，正是从群山尽头，穿云破雾来到人间！

请把眼光放历史高远的地方，放向我的诞生地。

随时光行进中，你将会看到，清晨海边一对雀跃的倩影，相依牵手平静走向暮色深处的剪影……

其他如《春》《夏》《秋》《冬》等是季节书，也是时光书，轻轻翻阅，不用说，我们需要在有限的生命中，对抗无限的时空，并心甘情愿地服从命运的安排。

生死看淡，也是生活馈赠

《井》的故事比比皆是。这个意象仿佛也是我们故乡的代名词。我们无论是谁，无论何时何地，都不能背叛自己的故乡，不能背叛那一方热土，不能背叛自己原汁原味且无比纯净的灵魂。

村庙翻新，牌坊被拆……乡村受难。唯一口古井幸运，安然在路旁。

井，是搬不走的乡音乡情，是永恒的乡愁之源。

不得不背井离乡的人，背负人生最大的苦愁。

吃水不忘挖井人，就像不忘我们的祖先。

井，无论大小新旧，对返乡游子来说，都是一坛喝不完、越喝越爱的老酒，但看一眼、掬一口就醉得步履蹒跚。

井，还是村庄的眼睛，在沉寂的夜晚，当所有生物都进入梦乡时，它和星月对话，无声地讲述村庄古老而迷人的故事。

行走多年了，也没走出故乡之井的记忆。井如母亲，给的是不求回报、血浓于水的养育之恩！

文学的井，清澈甘冽；情感的井，深不可测。

心也如一口井，流淌着灵性之水。要小心呵护，使它不被风尘掩埋、世俗抹黑、金钱污染……

门在开启和闭合之间，实际上就是一种选择或暗示。人生之门，生活之门，生命之门，时时刻刻在考验我们的经验与耐心，在拷问我们的欲望与追求，在表达我们的内涵与外延。

生，是步入光明之门；死，是走进黑暗之门。

光明之门里，也有黑暗时刻；黑暗之门中，也有光明的启示。

门外风雨多，门里乾坤大。年少时一心要逃出家门沐风雨，年老时总想跑进家门守乾坤。

爱情之门为谁开？有人闯进迷魂阵，找不到回家的路和门；有人等待一扇不开启的门，不知道门里藏着怎样的春心和表情，留下一生嗟叹，终让泪水模糊蓝天！

祸福相依，难道祸福同门？福有双至，祸不单行，难道福祸各有其门？

芝麻开门，来的是财富，走的是光阴。美人倚门，秀的是风情，留的是真情！

她嫁入豪门，珠宝当玩具；你遁入柴门，星月作酒具；

我欲进寺门，憾无莲花当坐具。

要上天入地，有门；想时光倒回，没门。想留住记忆，可守门；要找回自己，重开门。

古往今来，大千世界，生死轮回，浮华如梦，机关重重，门道多多。

然而，天门只有狂风吹，龙门却有鲤鱼跳。心门无锁，却无几人能开！

其他如《生》《死》《草》《光》等篇章，也是尽情描绘与倾诉，其间勾勒的画面与音符飞翔的场景，不经意间，就跃然纸上。人生的要义，无非是贡献光亮与温暖，无非是在敞开的日子里，为自己留下美好的记忆与动人的华章。

记得法国十九世纪大诗人波德莱尔曾经说过："散文诗这种形式，足以适应灵魂的抒情性的动荡、梦幻的波动和意识的惊跳"，可见散文诗的独特魅力与艺术特征。基于此，我们对散文诗的钟爱与拥抱，终于有了足够的动力与前行的信心。

诚然，在散文诗的创作征途上，作为诗人的彭桐，可能还需让写作题材更加扩展；还需让视野更加拓宽；还需对诗意更加打磨。

是的，只有当我们无比地忠于心灵与热爱自然、热爱生命、热爱生活，那些光亮才会慢慢呈现，那些和谐才会慢慢洋溢并说出无数个温暖有加、令人心醉的理由。

是的，向缪斯致敬！只要你一直在路上，就好！

因此，与诗人彭桐共勉。

2021年10月18日写于江苏南京

（注：此文发表于《鸭绿江·华夏诗歌》，2021年第10期）

★（季川，诗人、评论家，四川江油人。现居江苏南京。）

感悟世界，开启心灵

——彭桐一字为题散文诗鉴赏

吴辰

诗不好写，散文也不好写，散文诗尤其不好写，那些写散文诗的作家大抵都对这世界有着极其丰富的感情。这些感情太厚重，诗歌的灵动难以承载其分量；这些感情太驳杂，散文的条理不能容纳其内容，于是，散文诗就出现了，它比诗重又比散文轻，写散文诗的人能够把自己心中的世界放在里边，并通过文字的神奇力量创造出一个更富内涵的新空间。

散文诗不好写，但是彭桐一口气就写下了几十首。在这令人惊讶的创作量背后，是这位诗人、记者、苏东坡文化研究者数十年来对这世界的感悟，这些篇什是他与身边万物不断对话后的产物。彭桐的这些散文诗都以一个字为题目，或是花，或是草，或是眼，或是手，或是云，或是帆，几乎涵盖了身外心内的方方面面。这些诗写事、写物、写人，但最重要的是写自己。

彭桐的这些散文诗处处体现着一种互动，他的作品往往存在着主体与客体的二重关系，经由主体与客体之间的对话，普通的事物能够酝酿出深刻的哲理，他的散文诗在下笔时都极为质朴，而在收束时却令人回味万千。例如，在写《松》时，彭桐开头便是"无论是被大雪所压的青松，还是咬定悬崖的不倒松，都已走不出古诗对你的定位，诗人抛给你的紧箍咒般的花环"，在写《树》时，"你在朝霞和夕晖中，呈现伟岸的剪影，像一座巍然屹立的大山"，甚至，在写一些抽象的概念时，彭桐也创造出了一个可以与之对话的客体："你害怕短来攀亲，你渴望与长联姻"（《寿》）。这种在诗中创造主客体对话的能力对一个诗人而言是极其重要的，当许多人还在纠结于自己所生活的单一世界时，彭桐却在一花一草、一颦一念中不断发现着新的世界，而这其中的运用之妙，皆在于诗人的心。也正是由于经由这一颗诗心，彭桐的散文诗在结尾处总是那么发人深省：他看"花"——"万物有灵，万物均可为花"，他看"神"——"神在凡间，还时时在眼前"；他看"桥"——"穿桥而过的，除了风，还有生生不息，永远不死的灵魂"。彭桐的诗心是一面棱镜，为读者折射出了蕴藏在身边事物中的无限世界，带领读者去体会无限世界里无限的可能性。

　　彭桐写的这些散文诗都有一个特点，即诗题均只有一个字，这一个字可能是具体物体，可能是天气地理，也可能是一些极为抽象的概念。以一个字为题去写诗其实是诗人的一次炫技，万千情感最终凝聚在一个字上，那么这个字的分量便可想而知了。譬如《花》这首诗，一朵普通的花，被作者采撷，随即被抛入无限的宇宙空间，而白云、清风、日月、星辰，乃至岁月、梦幻、现实等皆被一朵花的轨迹带出，最后，作者的人生感悟、哲学思索也自然而然地随着诗句流淌出来，融入读者的生命。这仿佛是一缕山泉，随着地势涌流成河，最终汇入大海。读彭桐的散文诗，读者不难感受到作者的胸怀：花非花，"花不仅是凡间的微笑，还是神灵的母亲"；人非人，"人，终将为土，是自然的宠儿"；云亦非云，"如果水被亵渎，云将是人间最后一块净土"。诗人长于以小见大，而以小见大的根基则在于诗人心中巨大的诗性空间。在当下社会，人往往被现实所围，视野也随之狭小了起来，甚至，人们会将那些琐碎而无聊的事情错当作人生的全部。读彭桐的散文诗，读者们也许会豁然开朗，觉今是而昨非。

　　彭桐的这些散文诗极易读，却又极隽永。不会有读者读不懂这些诗句。这都是一些再平常不过的句子，没有晦涩的字眼，没有复杂的句式结构，而这正是作者想要达成的艺术效果。诗不一定要多么深奥，但一定要深刻，要让读者在平凡中读出不平凡来。彭桐在很多诗篇中创造了一些可以被称之为"格言"的句子，例如在《蛇》中，"尤其横财、不义之财，如毒蛇吞噬心灵"；在《痛》中，"风雨掠过，天地依然繁花似锦，人间仍是一片勃勃生机"；在《心》中，"让它们日日用情清洗，以葆时时一尘不染"。当下社会，人们过于忙碌，甚至已经没有时间去阅读，那么，格言便是进入读者心灵最快的方式，但是，这些格言一旦进入读者心中，便埋下了诗性的种子，在适当的时刻，它会萌发出芽，读者们也会理解彭桐写这些诗的深意和对这个世界的情谊。

彭桐的这些散文诗虽然题目只有一个字，但却掷地有声，这是一把把开启心灵世界的钥匙，读者拿着这些钥匙便可以与这世界、与自己、与身边的一切重归于好。

2023年5月18日写于海南海口

★（吴辰，文学评论家，海南师范大学文学院副院长）

后记

我

一

天天照镜子，也只是一时的表面印象，和世上许多人一样，我看不清自己。

不仅不如身边的亲友了解，也不如生活的房屋和城市认识自己，甚至更不如穿堂而过的风和母亲种在阳台上的花朵熟悉我。

我把138斤重的身体迎向朝阳，天空回馈我薄如一张随风可散的纸在夕阳中的剪影。

人至中年，才知寻一路径，唯有让诗当心灵的镜子！

每天有诗，日日反省；最好时时写诗，照照自己。

通过诗，知道身体的存在，知悉灵魂在活着，知晓心的世界正铺满阳光还是沉入黑夜。

说我是诗的伴侣，不如说诗是我追求的恋人。苦苦追寻永恒的恋人，让我的一生与之相伴。

我与诗，诗与我，相生出山，相融出水，相伴出山水的传奇，相携出凡心不朽的神话。

诗大度地默许，这是我一厢的情愿。我为这愿努力着。

以诗为镜，照出我是谁，从哪个源头来，如时间之水奔向哪里⋯⋯

事实上，诗是我的母亲，我是走不出文字的孩子，是永远长不大的诗。

二

通过诗的血脉，我进入你的心。

如果你的心只装有黑夜和泪水，我不善泅渡，只会选择远离。

我追寻光明，喜爱心有阳光者。我也祈祷，我的诗有金属质地，是天上的星，海上的灯⋯⋯

凡接触我的人，会看见春天，摸得着希望。因为我是诗的虔诚追随者，我每天读诗、吟诗、作诗，诗意化作微风细雨包围了我，熏香了我的鼻息。与我相遇，诗性必然与你结缘。

把一切美好，附注在有缘的事物上。滚滚红尘，便值得依恋。

在茫茫人海，我正苦苦修炼。诗有红帆在远航，我禅定如礁石，供寻诗寻梦的友人小坐，也等心爱的人来，一起看远天的迷人风景。

看旭日鸥翔，看晚霞映渔舟。让生命写意在时间的浪潮上，每一朵花绽放如歌。

是的，我将在诗意的天空下，诗意入眠。

哪怕是只拥有海天和清风的一介渔夫，我也孤独快乐，如在汪洋大海里自由滑行的一尾鱼！

三

在历史上，我是一枚胚胎；在未来，我是一缕轻烟。

在人人都需要的现在，我是一泉诗眼，自清自浊，清比浊时多，而且渐入第三种绝色：无色。

这如同中国的绘画中，艺术家在五色之上，找到叫作玄（墨色）的更本源的颜色。墨生五彩，世上一切颜色，都收纳在玄色中，又从玄色中释放，从而墨彩放出光彩。

诗性如光，诗如玄。诗便是我生命真正的纯色。

从人生之路看，诗是我的历史，也是我的未来。

我曾无意学古人强作诗，也曾有意学今人附雅吟诗，但不觉中写诗成为一种自觉。在诗歌"可以""怎样""塑造人"的句式中，我看清认识论、方法论、目的论依次降生。

我闲情逸致时，诗追寻我而来；我痛苦不堪时，诗拯救我而生……我曾把诗看得高高在上，可在跌宕起伏的命运与生活中，它却一再要求与我平起平坐！

哪怕你不把我当诗人，听你呼吸似乎都有一种不服气，可我依然要借诗歌的名义，在此生要通过诗把我命名为：诗人。

诗是永恒的，我希望成为诗的一部分。哪怕成为它汪洋中的一滴水，合唱里的一旋律……

在每一个历史与未来交替中，我为逝往而忧，为新生而乐。

我来自边缘，来自苦难，我不是有背景的人，我是有情趣的草，是有责任的星球。

写诗，成为我中年以后，必须拥有的空气，就像你在老年还需要伴侣；出诗集，是我在忧与乐中的幸福喘息，是我瞭望世界捡拾的一瓣花香。

真好！此生遇到诗，遇到在梦中也助我出诗集的爱人，还遇到没有来由地喜欢诗并且连同我也喜欢的你！

（2024年2月15日修定于海口琼州东坡书斋）